maud.

DIT DAGBOEK IS VAN:

Nikki J. Maxwell

GEHEIM & VERTROUWELIJK

Als je het vindt, breng het dan terug voor een beloning!

(NIET STIEKEM LEZEN!!!☹)

VAN

Rachel Renée Russell

verschenen:

Dagboek van een muts (1)

Dagboek van een muts – Zoek 't lekker uit! (2)

Dagboek van een muts – In de spotlights! (3)

Dagboek van een muts – Mijn gemuts (3½)

Dagboek van een muts – Zak er lekker door! (4)

Dagboek van een muts – Nikki weet raad (5)

Dagboek van een muts – Hopeloos verliefd (6)

Dagboek van een muts – Drama voor de camera (7)

Dagboek van een muts – Er was eens... (8)

Dagboek van een muts – Afblijven! (8½)

Dagboek van een muts – Houd de dief! (9)

Dagboek van een muts – Puppy love (10)

Dagboek van een muts – BFF's voor even (11)

Dagboek van een muts – Liefdeskriebels (12)

Dagboek van een muts – Partystress! (13)

Dagboek van een muts – Op tourNEE! (14)

De avonturen van Max Kruimel – Superheld op sokken (1)

De avonturen van Max Kruimel – Stank voor dank (2)

De avonturen van Max Kruimel – Crimineel cool (3)

Rachel Renée Russell

Dagboek van een MUTS

OP TOURNEE!

AVONTUREN VAN EEN NIET-ZO-BESTE BESTIE

in samenwerking met
Nikki Russell

UITGEVERIJ De Fontein JEUGD

De Nederlandse Kinderjury 2021

©CPNB

www.defonteinkinderboeken.nl

www.dagboekvaneenmuts.nl

Oorspronkelijke titel: *Dork Diaries – Tales from a NOT-SO-Best Friend Forever*

Verschenen bij Alladin, een imprint van Simon & Schuster

Vertaling: Mechteld Jansen

Omslagafbeelding en illustraties: Rachel Renée Russell

Omslagontwerp: Zeno / Grafische verzorging: PHprojecten

Uitgeverij De Fontein vindt het belangrijk om op milieuvriendelijke en verantwoorde wijze met natuurlijke bronnen om te gaan. Bij de productie van het papieren boek van deze titel is daarom gebruikgemaakt van papier waarvan het zeker is dat de productie niet tot bosvernietiging heeft geleid.

ISBN 978 90 261 4859 0 (e-book 978 90 261 4860 6) | NUR 283, 284

Voor Fariah Marie

Blijf dromen en ontdekken!
Met jouw creativiteit en fantasie
zul je het ver schoppen!

DINSDAG 1 JULI

Dit wordt de OPWINDENDSTE. ZOMER. OOIT!! IEIEIEIE!!! ☺

In de herfst heb ik meegedaan aan een talentenshow op school. In de jury zat Trevor Chase, een muziekproducer die met de grootste POPSTERREN werkt! Hij zat vroeger ook op mijn school, Westchester Country Day. En moet je horen! Hij heeft MIJ en mijn BAND uitgekozen als openingsact voor de BAD BOYZ, een wereldberoemde boyband!

We gaan een maand samen met ze op tournee. Het is een DROOM die uitkomt! En Trevor Chase kan MIJ nu elk moment bellen om te bevestigen dat we meegaan! IEIEIE!! ☺

Dus heb ik mijn telefoon hier naast me liggen terwijl ik in mijn – Hé! Wat...?!!

OMG! WAAR IS MIJN TELEFOON? HIJ IS VERDWENEN!! ☹ DIT GEBEURDE ER DAARNA...

BRIANNA?!
Prinses Suikerpruim EN Baby Eenhoorn

HALLO? JIJ BENT PRINSES SUIKERPRUIM NIET! SORRY, GAST! VERKEERD NUMMER!

OMG! GEEF MIJN MOBIEL TERUG! DAT IS EEN SUPER-BELANGRIJK TELEFOONTJE!
Prinses Suikerpruim EN ...enhoorn

NEE! IK MOET MET PRINSES SUIKERPRUIM BELLEN!

HIER MET DIE TELEFOON. NU!

BRIANNA! KOM TERUG MET MIJN TELEFOON!

NEEEEEE!!

Oké. Dit is HEEL erg!

Ik kan niet geloven dat ik Trevors telefoontje heb gemist. Toen ik de telefoon eindelijk had afgepakt van Brianna, had hij opgehangen!

Trevor wil een afspraak maken met alle leden van mijn band en onze ouders om het tourschema door te spreken en contracten te tekenen. Z.S.M.!

Maar dankzij Brianna, mijn KLIER van een zusje, belt hij nu NOOIT meer terug, want hij denkt dat hij het VERKEERDE NUMMER heeft!

OMG! Ik bedenk ineens iets VERSCHRIKKELIJKS!

STEL DAT TREVOR NU EEN ANDERE BAND UITKIEST VOOR HET VOORPROGRAMMA? ☹

Dit KON gewoon NIET waar zijn! Ik hoopte dat het gewoon een afschuwelijke nachtmerrie was en dat ik snel wakker zou worden in mijn bed!

Maar toen besefte ik dat ik heel erg overdreef.

Ik moest COOL en KALM blijven en dit probleem op een VOLWASSEN manier aanpakken!

Ik ging snel terug naar mijn kamer met mijn telefoon. Maar deze keer deed ik de deur OP SLOT, zodat Brianna niet zou binnensluipen om mijn LEVEN totaal te VERWOESTEN! ALWEER! ☹

Toen bedacht ik een briljant plan om alles recht te zetten, plus een reserveplan B en een noodplan C.

STAP 1: Trevor Chase bellen, uitleggen dat ik zijn oproep net had gemist en hem laten weten dat mijn band SUPERveel zin heeft in de tournee.

STAP 2: Doen alsof ik helemaal NIETS weet van die GESTOORDE GEK die zomaar OPHING toen hij belde!

PROBLEEM OPGELOST!! ☺

Ik haalde diep adem, pakte mijn telefoon en belde nerveus zijn nummer...

GEEN PROBLEEM! ☺ Het was tijd voor mijn PLAN B: gewoon een gedetailleerd BERICHT achterlaten!

GEEN PROBLEEM! ☺ Het was nu tijd voor mijn NOODPLAN C!

Een TOTALE ZENUWINZINKING krijgen en die diepzinnige filosofische VRAAG stellen waar jonge mensen al sinds het begin der tijden mee worstelen...

HEEL FIJN!! ☹

Wie denkt er nou aan VAKANTIE in een tijd als deze? SNAPT die man dan niet dat hij eerst alle belangrijke zakelijke kwesties moet afhandelen, voor het te laat is? WAAR liggen zijn PRIORITEITEN?

Helaas! Als ik niet heel snel contact krijg met Trevor Chase, lijkt het erop dat mijn band en ik deze zomer NIET in het voorprogramma van de BAD BOYZ staan!

Hé! Misschien is het NIET te laat om van gedachten te veranderen en toch nog dat reisje naar PARIJS te maken dat ik voor deze tournee heb afgezegd. Als ik 5.799 kilometer verderop in een ander werelddeel zit, hoef ik mijn BFF's Chloë en Zoey NIET het verschrikkelijk SLECHTE nieuws te vertellen dat ik hun DROOM om met de BAD BOYZ op tournee te gaan heb VERPEST!

En alsof DAT nog niet heftig genoeg is, heb ik ook nog hun zomer GERUÏNEERD en ze een levenslang TRAUMA bezorgd!!

☹!!

WOENSDAG 2 JULI

Ik heb Trevor Chase vandaag wel tien keer gebeld, maar helaas. Zijn voicemailbox is NOG STEEDS vol!

Een deel van me hoopt dat alles goed komt, en een ander deel gaat alvast van het ergste uit. WAAROM?

Omdat mijn saaie leventje zomaar binnen een paar minuten in een totale RAMP kan veranderen!

Dus vond ik het best spannend toen mijn crush, Brandon, en ik elkaar deze zomer vaker begonnen te zien.

Oké, ik geef het toe. We vinden elkaar leuk. HEEL ERG leuk! ☺

Maar toch blijf ik erover stressen dat ik op een dag onze vriendschap zal verpesten door iets heel STOMS te doen!

Zoiets als:

MIJN PUPPY WASSEN (EN BRANDON)! ☹

EEN NIET-ZO-ROMANTISCHE ATTRACTIE UITKIEZEN! ☹

EEN ENORME IJSCOUPE DELEN EN ER
EEN VIEZE SMEERBOEL VAN MAKEN! ☹

NAAR DE FILM GAAN EN ONTDEKKEN DAT HET GÉÉN GRAPPIGE COMEDY IS! ☹

NAAR BRANDON STAREN IN
PLAATS VAN NAAR HET VUURWERK

Snap je wat ik bedoel? Ik kan een heel gewone situatie PIJNLIJK ONGEMAKKELIJK maken!

Ja, ik loop rond met een grote glimlach op mijn gezicht, alsof ik alles onder controle heb en zo. Maar de wereld heeft GEEN idee hoe verloren, onzeker en verward ik me EIGENLIJK voel!

JA! IK WEET HET!

Ik moet gewoon even CHILLEN en niet zo ZEUREN over mijn AFGRIJSELIJKE leven (want eigenlijk heb ik juist heel veel geluk)!

Ik vraag me af of daar een app voor is?

Iets als: Niet Zeuren Maar Chillen.

Die zou ik absoluut downloaden en elke dag gebruiken!

☺!!

DONDERDAG 3 JULI

Ik begrijp best dat iemand een troep van zijn slaapkamer maakt. Maar dagenlang je voicemailbox VOL laten is gewoon... ONVERANTWOORDELIJK en LUI!

Je kamer opruimen kost gigantisch veel tijd en energie. Maar voicemailberichten kun je afluisteren en wissen terwijl je op bed naar je FAVO muziek ligt te luisteren. Hebben platenbazen trouwens geen ASSISTENT voor dit soort dingen?

Nou ja. Zaterdag was ik jarig en heb ik een grote poolparty gegeven! En vandaag kreeg ik EINDELIJK het speciale verjaardagscadeau van mijn oma te zien.

Ze heeft mijn slaapkamer opnieuw ingericht! IEIE! ☺ Het coolste is een nieuw zitje met kussens in de vensterbank, waar ik lekker kan lezen en in mijn dagboek schrijven! Chloë en Zoey konden niet WACHTEN om mijn KAMER en al mijn cadeaus te zien! Dus had ik het briljante idee om te vragen of ze kwamen logeren (en of ze me wilden helpen met bedankbriefjes schrijven)!

BEDANKT VOOR DAT SUPERTOFFE SHIRT, CHLOË EN ZOEY! MIJN NIEUWE FAVORIET!
PARIJS
21:15
Dank

BAD BOYZ
voor NIKKI

'Dat is toch SUPER, Nikki? Nu hebben we alle drie een Bad Boyz-shirt!' zei Chloë. Ze keek bewonderend naar mijn roze glittershirt. 'We kunnen ze aan op tournee!'

'OMG! Hebben jullie hun nieuwste liedje al gehoord? Luister!' zei Zoey. Ze speelde keihard 'Gek op jou! (maar ook op mijn skateboard)' af op haar telefoon.

Nu we het toch over de Bad Boyz hadden... Dit was het PERFECTE moment om heel eerlijk en volwassen te laten weten dat er een kleine kans bestond dat, je weet wel...

HET TOURNEEDING ZÓ NIET DOORGING! ☹

Maar ik geloof dat ik me op dat moment even niet zo eerlijk of volwassen voelde. Het hielp ook niet dat Chloë en Zoey SUPERopgewonden waren over de tournee en er maar over BLEVEN praten. En ik zweer dat ik vet migraine kreeg van dat stomme liedje.

'Ik kan nog STEEDS niet geloven dat WIJ een deel van de tournee in het voorprogramma van de Bad Boyz staan!' zei Chloë blij. Ze deed haar logeertas open.

'Kijk eens! Ik heb een heleboel tijdschriften verzameld waar ze in staan!'

CHLOË LAAT HAAR STAPEL TIJDSCHRIFTEN OVER DE BAD BOYZ ZIEN

'NIKKI! ZOEY! Ik heb ineens een FANTASTISCH idee!' riep Chloë plotseling. 'We moeten AL deze artikelen lezen. Als we de Bad Boyz dan eindelijk ontmoeten, weten we praktisch alles van ze!'

'GEWELDIG idee, Chloë!' gilde Zoey. 'Dan maken we een Bad Boyz-PLAKBOEK! We kunnen onze EIGEN foto's en coole dingen van de tour er ook in plakken!'

'Om de rest van ons leven te KOESTEREN!' Chloë snufte, knipperde tranen weg en drukte de tijdschriften tegen zich aan. 'En misschien zullen we het op een dag delen met... onze KINDEREN!'

HEEL FIJN!

Nu voelde ik me NOG slechter! ☹

Omdat ik één STOM telefoontje had gemist, zouden we de Bad Boyz NIET ontmoeten en die ervaring later NIET met onze kinderen kunnen delen.

Sorry! Maar ik kon Chloë en Zoey echt niet de WAARHEID vertellen en zomaar hun HART breken!

In plaats daarvan deed ik iets aardigs. Ik maakte een heerlijke SNACK: warme popcorn met boter! Toen ploften we alle drie op mijn bed neer en begonnen we de tijdschriften door te bladeren...

DIT ZIJN DE BAD BOYZ!

AIDAN CARPENTER

zanger en choreograaf

BIJNAAM: Crash KOMT UIT: Houston, Texas

HOUDT VAN: skateboarden, strips, verborgen-camera-tv

HOUDT NIET VAN: stilzitten, serieus zijn, sla, regels

WAT BIJNA NIEMAND WEET: Aidan is bijna uit de Bad Boyz getrapt vanwege zijn prank bij hun eerste repetitie. Hij had azijn in de waterflesjes van de anderen gedaan. BLÈH! Gelukkig konden de andere jongens erom lachen en overtuigden ze de manager ervan dat Aidan moest blijven. Maar ze letten nu altijd goed op hun flesjes!

FAVO SNACK: friet

PERSOONLIJKHEID: Aidan is een echte grappenmaker en de lolbroek van de groep. Tijdens de repetities vertelt hij vaak moppen en leidt hij zijn bandmaatjes af. Maar dat komt doordat hij alle danspasjes sneller kent dan de rest, dus gaat hij zich vervelen. Hij volgde ballet-, tapdans- en jazzballetlessen bij Miss Madelines Dansschool in Houston, Texas.

WAT ZIJN BANDMAATJES OVER HEM ZEGGEN: 'Wij denken dat Aidan grappen maakt uit angst dat de wereld ontdekt dat hij eigenlijk heel aardig is en dat tegen hem gebruikt. Of hij is gewoon heel erg onvolwassen!'

LIEFSTE BEZIT: skateboard gesigneerd door Tony Hawk

BELANGRIJKSTE EIGENSCHAP VAN CRUSH: humor!

ALS HIJ GEEN WERELDBEROEMDE POPSTER ZOU ZIJN, WAS HIJ... 'Professioneel skateboarder.'

VICTOR CHEN

zanger en rapper

BIJNAAM: de Adder KOMT UIT: Miami, Florida

HOUDT VAN: zieke beats droppen, gamen, de Miami Dolphins, ketchup

HOUDT NIET VAN: kou, bananen, vroeg opstaan, spinnen

WAT BIJNA NIEMAND WEET: Vic werd ooit kampioen moeilijke woorden spellen met het woord 'ofidiofobie'. Dat is angst voor slangen! Hm... komt hij zo aan zijn bijnaam?

FAVO AVONDSNACK: nacho's

PERSOONLIJKHEID: Vic is de *BADDEST* van de Bad Boyz: deze superstoere gast laat nooit zijn zachte kant zien (op het podium dan). Hij komt uit de ruige stad Miami (uit een buitenwijk, maar SST! Dat heb je niet van mij). Op zijn negende begon hij zijn eerste dancecrew. Er is een chille breakdancemove naar hem vernoemd (de Adder).

WAT ZIJN BANDMAATJES OVER HEM ZEGGEN: 'Schijn bedriegt! Vic is echt een knuffelbeer. Oké... een knuffelbeer die tornado's kan doorstaan... maar TOCH een knuffelbeer.'

LIEFSTE BEZIT: leren jack dat van Prince is geweest

BELANGRIJKSTE EIGENSCHAP VAN CRUSH: zelfvertrouwen

ALS HIJ GEEN WERELDBEROEMDE POPSTER ZOU ZIJN, WAS HIJ... 'Autocoureur. Mijn eerste baantje was in de garage van mijn oom. Daar ga ik nog steeds met motors klooien als ik in Miami ben.'

NICOLAS PEREZ

zanger en songwriter

BIJNAAM: Romeo KOMT UIT: New York

HOUDT VAN: lange strandwandelingen, poëzie, zwarte koffie, mediteren

HOUDT NIET VAN: sport, oneerlijkheid, marshmallows, commercials

WAT BIJNA NIEMAND WEET: Nick houdt van romantische comedy's en huilt bij verdrietige films.

FAVO AVONDSNACK: pizza

PERSOONLIJKHEID: Nick is de gevoelige artiest; iemand die tot diep in de nacht over filosofie praat of romantische ballads schrijft. Hij is een beetje emo, maar hij heeft genoeg wilde haren in zijn warrige coupe om lol te kunnen maken. Maar zijn eerste prioriteit is dat JIJ het leuk hebt. Hij heeft respect voor je, meid!

WAT ZIJN BANDMAATJES OVER HEM ZEGGEN: 'Nick is óf hopeloos romantisch óf een gruwelijke flirt. Hij is absoluut het populairst bij de meisjes. Maar stiekem slaapt die bro nog met zijn knuffel! Je hebt het niet van ons!'

LIEFSTE BEZIT: het boekje waarin hij gedichten en songteksten opschrijft

BELANGRIJKSTE EIGENSCHAP VAN CRUSH: een mooie ziel

ALS HIJ GEEN WERELDBEROEMDE POPSTER ZOU ZIJN, WAS HIJ... 'Dichter of vrijwilliger in een arm land om de wereld te helpen verbeteren. En als ze me nodig hadden, zou ik in de pizzeria van mijn ouders werken.'

JOSHUA JOHNSON

leadzanger; speelt piano en diverse andere instrumenten

BIJNAAM: Lieverdje van de juf KOMT UIT: Los Angeles, Californië

HOUDT VAN: honden, chocola, enge films, natuurkundige vraagstukken oplossen

HOUDT NIET VAN: broccoli, mensenmassa's (behalve als hij op het podium staat), clowns

WAT BIJNA NIEMAND WEET: Joshua heeft een jaar te vroeg eindexamen gedaan en was al op een topuniversiteit aangenomen toen hij bij de Bad Boyz kwam! Hij wil er later alsnog gaan studeren.

FAVO AVONDSNACK: brownies met roomijs

PERSOONLIJKHEID: Joshua is de knappe kop van de groep en een echt moederskindje. Hij is best introvert en houdt meer van een-op-een-gesprekken dan van grote feesten. Als hij met je praat, geeft hij je het gevoel dat jij de belangrijkste persoon van de wereld bent. Een echte Ravenklauw, en daar is hij trots op!

WAT ZIJN BANDMAATJES OVER HEM ZEGGEN: 'Yo, Josh is mega slim. We weten soms niet eens waar hij het over heeft, man! Het zou ons niet verbazen als hij een geneesmiddel tegen kanker ontdekt.'

LIEFSTE BEZIT: handgeschreven brief van dr. Martin Luther King aan zijn overgrootvader

BELANGRIJKSTE EIGENSCHAP VAN CRUSH: eerlijkheid en hersens

ALS HIJ GEEN WERELDBEROEMDE POPSTER ZOU ZIJN, WAS HIJ... 'Misschien arts of professor aan de universiteit. Waarschijnlijk allebei.'

WAUW! Ik ben onder de indruk! Ik had geen idee dat die jongens ZO aardig, getalenteerd en cool zijn!

Omdat ik best creatief ben, smeekten Chloë en Zoey me of ik aan ons plakboek wilde beginnen. Dus nu ga ik elke dag een paar artikelen lezen, de beste uitkiezen en een toffe plakboekpagina ontwerpen.

Dit project wordt SUPERLEUK! ☺

En misschien ook TOTALE TIJDVERSPILLING. ☹

Ik wilde net alles eruit gooien en Chloë en Zoey de waarheid vertellen. Maar toen kreeg ik ineens een nieuw idee om Trevor te bereiken.

Het was ZO simpel dat ik niet begreep WAAROM ik er niet eerder aan had gedacht! Omdat Chloë en Zoey erbij waren, pakte ik mijn telefoon alsof er niets aan de hand was en deed alsof ik de Bad Boyz opzocht op social media, op zoek naar coole ideeën voor ons plakboek.

Omdat ik Trevor niet aan de TELEFOON kon krijgen, besloot ik...

HEM TE MAILEN!! ☺

Ik schreef snel een mailtje waarin ik uitlegde dat ik zijn oproep had gemist, maar dat we NOG STEEDS dolgraag met de Bad Boyz op tournee wilden. Toen ik het eindelijk had verzonden, viel er een megazware last van mijn schouders. Trevor beantwoordde mijn mailtjes altijd meteen. Dus wist ik zeker dat ik binnen vierentwintig uur iets van hem zou horen.

PROBLEEM OPGELOST!! ☺

Wat ik NIET verwacht had, was dat ik binnen VIERENTWINTIG SECONDEN iets van hem zou horen!

Met bonzend hart opende ik NERVEUS zijn mailtje. Omdat Trevor MIJ niet telefonisch had kunnen bereiken, had hij misschien in spanning zitten wachten tot ik HEM een mailtje stuurde. Daarom antwoordde hij misschien zo snel!!

JA TOCH? ☺ FOUT!! ☹

Dit was het mailtje...

* * * * * * * * * * * * * * *

Bedankt voor uw mail. Momenteel ben ik niet op kantoor; eind volgende week ben ik weer terug. Dan zal ik uw mail beantwoorden.

Met vriendelijke groet,
Trevor Chase
(Dit is een automatisch verzonden bericht)

* * * * * * * * * * * * * * *

AAAAAAAAAAHHH!! ☹

Dat was ik, terwijl ik SCHREEUWDE!

Maar omdat Chloë en Zoey in mijn kamer zaten, schreeuwde ik alleen in mijn hoofd, zodat niemand me kon horen.

Ik KAN dit niet meer.

IK GEEF HET OP!

☹!!

VRIJDAG 4 JULI

WAARSCHUWING! Dit wordt waarschijnlijk het LANGSTE dagboekverhaal OOIT!

Vandaag was het Onafhankelijkheidsdag!

En OMG! Ik heb ZOVEEL DRAMA'S meegemaakt dat mijn HOOFD elk moment kan ONTPLOFFEN in een glinsterende VUURWERKREGEN!!

Mijn ouders hadden een paar dagen geleden besloten om vandaag bij het Wellingtonmeer te gaan picknicken.

Die streek staat vooral bekend om de luxe vakantiehuizen en chique jachten. En er is een prachtig natuurgebied dat al heel lang openbaar toegankelijk is.

Maar mijn vader wilde er vreemd genoeg naartoe vanwege de WATERFIETSEN.

Je weet wel, van die rare boot/fiets-dingen waarop je moet trappen om vooruit te komen.

Mijn vader was SUPERopgewonden, want toen hij en zijn broer klein waren, huurden ze altijd waterfietsen als ze met hun gezin naar het meer gingen. Hij zei dat hij die mooie traditie met ZIJN kinderen wilde voortzetten.

Persoonlijk vond ik het klinken als een BOEL onnodig werk. SORRY! Maar als ik dan toch op een boot moet zitten, heb ik liever een enorm luxe CRUISESCHIP met een drijvend waterpark en een tokkelbaan!

DIT IS MIJN SOORT BOOT! ☺

We kwamen rond twaalf uur aan bij het meer en gingen heerlijk picknicken. Maar er doken wel negentig onverwachte gasten op...

NEGENTIG ONGEVRAAGDE GASTEN SCHUIVEN AAN BIJ ONZE PICKNICK!

Toen we klaar waren, zette mijn moeder haar noisecancelling koptelefoon op en ging een boek lezen, terwijl WIJ een waterfiets gingen huren.

Brianna was gefascineerd door het ding zodra ze het zag. Maar ik was NIET onder de indruk. Vooral omdat hij zo OUD was! Zo te zien was het DEZELFDE als die mijn vader als kind had gehuurd.

De waterfietsverhuurder begon uit te leggen hoe het moest, maar mijn vader onderbrak hem en schepte op dat hij een zeer ervaren EXPERT in waterfietsen was. (Zelfs al had hij er dertig jaar niet op gezeten!)

Mijn vader hielp Brianna opstappen. Maar toen ik naar voren kwam, hield hij me tegen en zei dat ik mijn telefoon moest inleveren.

'Dit meer is een TELEFOONVRIJE ZONE!!' zei mijn vader, precies op het moment dat de waterfietsverhuurder een appje kreeg.

NOU, MIJ BEST!

Ik gaf mijn telefoon aan mijn vader. Hij liep snel naar mijn moeder en gaf haar de telefoon in bewaring. Maar ik vond het helemaal niet erg.

Ik zou het toch te druk hebben met lekker op het meer rondpeddelen om iemand te appen. En ik wilde al helemaal niet dat mijn telefoon nat zou worden.

Eindelijk zaten mijn vader, Brianna en ik op de waterfiets. De verhuurder duwde ons het meer op.

Brianna wilde heel graag trappen, dus liet ik haar voorin zitten met mijn vader. Maar ze kon alleen bij de trappers als ze helemaal op het puntje van het stoeltje zat.

Ze raakte al snel afgeleid en begon te doen alsof ze Prinses Suikerpruim was, op een spannend oceaanavontuur. En ze zong een liedje voor de vissen.

Heel erg vals! Ik denk dat die vissen blij waren dat ze geen ENORME mensenoren hadden.

Ik genoot eigenlijk wel van mijn plekje achterin.

Als ik niet op het geluid van mijn hijgende en puffende vader en de krijsende Brianna lette, was het zelfs best wel RELAXED daar op het meer...

IK LIG TE CHILLEN OP DE WATERFIETS!

Of nou ja, TOT mijn vader zei dat Brianna en ik van plek moesten ruilen, zodat ik HEM kon helpen trappen.

'Dit is VEEL zwaarder dan ik me herinnerde,' zei hij hijgend. Ik hielp Brianna op de achterbank te klimmen. 'Gelukkig is mijn sterke, krachtige dochter hier om me te helpen.'

Oké, zo'n tien minuten voelde ik me inderdaad een soort van sterk en krachtig. Ik liet ons over het meer varen, puur op de kracht van mijn benen!! (Nou ja, en mijn vaders benen. Maar die was VEEL langzamer gaan trappen nadat ik het van Brianna had overgenomen.)

Toen ineens... klonk er een harde BONK en zaten mijn pedalen VAST!! Ik kon ze niet meer in beweging krijgen! En toen ik naar mijn vader keek, bleken zijn pedalen ook niet te bewegen!!

Maar dat was omdat hij IN SLAAP was gevallen!!

'PAPA!' riep ik.

Ik weet niet HOE hij in slaap kon vallen, want achter ons zat Brianna nog steeds uit volle borst liedjes te brullen.

Ik tikte op mijn vaders schouder en hij ging rechtop zitten.

'WAUW! Ben ik echt in slaap gevallen?' sputterde hij. 'Het is nog RELAXTER op dit meer dan ik dacht!'

JA HOOR! Het was hier helemaal niet relaxed. Het was juist SUPERVERMOEIEND!

Papa tuurde naar de oever, die nu kilometers ver weg leek. 'Niet te geloven dat we zo ver hebben gefietst.'

'WE?' vroeg ik verontwaardigd. Maar hij had gelijk – we zaten best ver van de kant.

En nu deden de trappers het niet meer.

'Pap, volgens mij is er iets mis met de waterfiets! Ik weet niet waarom, maar ik kan de trappers niet meer bewegen!' klaagde ik, en ik stampte erop.

Hij fronste zijn wenkbrauwen en probeerde zelf te trappen, maar de zijne zaten ook vast.

'Er zit zeker iets klem in dat schroefding,' legde hij uit.

Als de schroef vastzat, betekende dat...
DAT WIJ VASTZATEN! ☹

Brianna hield ineens op met zingen. 'Papa, we bewegen niet meer. Is er iets mis? Is onze waterfiets... KAPOT?' vroeg ze met een trillende onderlip.

'Nee!' zei ik, precies op het moment dat mijn vader 'JA!' zei.

Brianna begon al een totale inzinking te krijgen. NIET zo'n klein driftaanvalletje. Maar eentje met gekrijs, gehik, snot en genoeg tranen om het waterpeil van het meer te laten stijgen.

'Maar het is maar een SPELLETJE,' zei ik snel. 'We zitten hier niet ECHT vast. We moeten gewoon even uitpuzzelen hoe we weer aan land komen, oké?'

Brianna knikte en leek overtuigd. Eerst probeerden we om hulp te roepen! Maar helaas waren we zo ver op het meer dat niemand ons kon horen...

WE PROBEREN OM HULP TE ROEPEN!

Plotseling glimlachte Brianna. 'Ik weet hoe we weer aan land kunnen komen! Misschien komt een dolfijnenfamilie ons redden, net als in de laatste film van Prinses Suikerpruim!' riep ze uit.

Ik wist HEEL zeker dat er geen dolfijn in het Wellingtonmeer zat, laat staan een hele familie.

'Dat klopt, Brianna! Dat betekent dat je heel stil moet zijn, zodat de DOLFIJNEN niet van je schrikken als ze ons komen REDDEN!' loog ik.

'ECHT? Zitten er DOLFIJNEN in dit meer?' riep mijn vader met grote ogen. 'Die heb ik als kind nooit gezien! Dit wordt een nog groter avontuur dan ik dacht. HÉ! Volgens mij zie ik er een! Daar! KIJK!'

Mijn vader wees naar een punt voor de waterfiets. Brianna en hij staarden opgewonden in het water.

'PAPA, IK ZIE HEM OOK! WAUW! EEN DOLFIJN!' gilde Brianna.

Ik rolde met mijn ogen. Ik kon het niet helpen.

Het enige wat ik zag, was een half onder water drijvende boomstam van iets meer dan een meter lang.

Sorry, maar het leek HELEMAAL niet op een drie meter lange, vijfhonderd kilo zware dolfijn...

PAPA EN BRIANNA ZIEN EEN DOLFIJN?

'Luister, pap! We moeten nog STEEDS bedenken hoe we weer aan land kunnen komen!' zei ik tegen hem.

'Nou, we kunnen... PEDDELEN! Met onze... ARMEN!' stelde mijn vader voor.

Hij ging op zijn knieën op het stoeltje zitten en liet zijn bovenlijf een heel stuk over de rand van de waterfiets heen hangen. Toen begon hij zijn handen door het water te bewegen.

'Volgens mij lukt het!' riep hij over zijn schouder. 'Nikki, peddel jij eens aan de andere kant?'

Dit was **BELACHELIJK!**

Dit ging ZO ÉCHT niet lukken!

Maar Brianna keek zo hoopvol. En ik begon het warm te krijgen in de felle zon. Dus ging ik op mijn knieën zitten en peddelde ik aan de andere kant.

De rand van de waterfiets drukte in mijn borst en ik kon haast niet bij het water komen.

Brianna giechelde en gilde: 'KIJK! DE DOLFIJN DUWT ONS TERUG NAAR DE KANT! BEDANKT, MENEER DOLFIJN!'

Toen begon ze weer vals te zingen.

Maar we kwamen niet vooruit. HELEMAAL niet.

'VERROEST! Had ik nou je telefoon maar niet afgepakt, Nikki!' zei mijn vader. Hij sloeg met zijn hand tegen zijn voorhoofd.

'Want dan hadden we het alarmnummer kunnen bellen en om een reddingsboot kunnen vragen?' vroeg ik chagrijnig.

'NEE! Dan had ik die DOLFIJN kunnen FILMEN! Niemand gaat GELOVEN dat er een dolfijn in het meer zit!' zei mijn vader grinnikend.

Ja, dat was de TRIESTE WAARHEID! Ik zat vast op een waterfiets met twee mensen die het verschil niet zagen tussen een boomstam en een groot zeezoogdier. We kwamen NOOIT VAN ONS LEVEN meer aan land!

We zouden WEGKWIJNEN en STERVEN van de zonnesteken en de honger op een GAMMELE waterfiets midden op dit meer!!

Ik zou NOOIT mijn rijbewijs halen, naar het eindexamenbal gaan of mijn diploma krijgen. En ik zou nooit meer kunnen hangen met Chloë en Zoey!

Maar het GRIEZELIGSTE was dat ik door de HITTE en UITPUTTING nu ook een DOLFIJN begon te zien in die stomme drijvende boomstam!

'ALSTUBLIEFT, MENEER DOLFIJN! KOM ONS REDDEN!' smeekte ik samen met mijn vader en zusje.

Ik wist vrij zeker dat hij me een knipoog gaf.

Maar de harde waarheid was dat het er NIET goed voor ons uitzag!

☹!!

ZATERDAG 5 JULI

Oké, dus we zaten midden op het meer VAST op een waterfiets die niet meer fietste!

En dat was helemaal de schuld van mijn VADER, want het was ZIJN stomme idee!

Hoe dan ook, mijn vader bedacht toen dat de trappers het niet deden omdat er onder water iets klem zat in de schroef van de waterfiets.

'Ik moet gewoon even kijken wat er daar aan de hand is,' zei mijn vader.

Maar toen hij opstond en over de rand van de waterfiets leunde, begon het hele ding plotseling te wiebelen. Hij zakte helemaal scheef.

Brianna verloor haar evenwicht en stond te wankelen bij de rand. Ik kon haar nog net vastgrijpen.

Toen ik haar vastpakte, hoorde ik een harde PLONS!!! We draaiden ons om en geloofden onze ogen niet...

MIJN VADER VALT IN HET MEER!!

Natuurlijk was ik bezorgd om mijn vader. Maar ik maakte me nog meer zorgen over die arme Brianna.

Ze is nog heel jong. Dit soort traumatische dingen kunnen haar voor de rest van haar leven psychische SCHADE toebrengen.

'O NEE!! Papa ligt in het water!' gilde Brianna hysterisch. 'Straks jaagt hij MENEER DOLFIJN nog WEG en dan is alles VERPEST!'

Oké, wat ik zei over Brianna's psychische schade klopte niet! Ze maakte zich VEEL meer zorgen over de dolfijn, eh... ik bedoel de drijvende boomstam, dan over haar eigen vader.

Mijn vader zwom spartelend terug naar de waterfiets. 'Alles oké, alles oké!'

Maar Brianna was nog steeds overstuur. 'Klim snel weer op de waterfiets, papa! Dan komt onze dolfijn terug om ons te redden!'

'Luister meisjes, ik zwem wel even naar de oever,' zei hij. 'Blijven jullie maar hier en relax een beetje. Zodra ik aan land ben, komen de verhuurder en ik jullie ophalen met een boot. Oké?'

Ik ga niet liegen: ik had VEEL twijfels. Mijn vader kan ECHT NIET zo goed zwemmen. Eigenlijk zwemt hij op zijn hondjes.

Maar daar ging mijn vader al! Ook al was het een LANG stuk om te zwemmen... op zijn hondjes.

Ik tuurde naar de oever, waar ik mijn moeder zag zitten. Maar ze zat nog STEEDS achter haar boek verstopt.

De kans dat ze ons zou zien was heel erg klein.

Ik hield Brianna's arm stevig vast. Ze moedigde mijn vader aan: 'Zwemmen, papa, zwemmen! Je kunt het! Zoek onze dolfijn en zeg dat ik op zijn rug wil! Oké, papa?'

Het LAATSTE wat we nodig hadden was NOG een Maxwell in het meer!

Na een tijdje had Brianna genoeg van het aanmoedigen. Ze liet zich op haar stoeltje zakken.

Ik was bang dat ze nu non-stop zou gaan klagen dat ze moe was en zich verveelde.

Maar plotseling gilde ze opgewonden. Ze sprong overeind en de waterfiets wiebelde als een gek.

'We moeten GERED worden! Dus laten we FLESSENPOST versturen!' riep ze.

De enige fles op onze waterfiets was mijn vaders dure herbruikbare waterfles.

Maar omdat hij nog NIET zo ver was gekomen en al een stuk minder snel zwom, haalde ik mijn schouders op en mompelde: 'Oké, Brianna. We kunnen alle HULP gebruiken.'

Brianna had een snoeppapiertje en een krijtje in haar zak. Ze schreef 'SOS' op het papiertje, stopte het in de fles en SMEET die toen het meer in.

Waar hij met een BONK op mijn vaders HOOFD terechtkwam!!

MIJN VADER WORDT PER ONGELUK
DOOR BRIANNA OP ZIJN HOOFD GEBONKT
MET DE WATERFLES! ☹

Ik maak GEEN grapje!!!

'AUAUW!' riep hij uit, en hij bleef nog even rondspetteren voor hij zijn waterfles een paar meter van zich af zag dobberen.

'MEISJES! Weten jullie wel dat dit ding achtentwintig dollar heeft gekost?' zei hij woedend, terwijl hij erachteraan dook. 'En WAAROM zou ik WATER willen? Ik VERZUIP er hier zo'n beetje in!'

En mijn moeder had ondertussen nog STEEDS niet opgekeken van haar boek. Niet EEN keer!!

En hoe hard we ook gilden en riepen, ze kon ons NIET horen.

Ik dacht dat het niet ERGER kon worden, maar dat gebeurde toch. Het was heel duidelijk dat mijn vader nu al kapot was van het zwemmen en niet eens in de BUURT van de oever zou komen.

Gelukkig haalde hij het tot een BOEI, die ongeveer dertig meter van onze waterfiets af lag.

Hij klom in paniek op dat ding en klampte zich eraan vast alsof zijn leven ervan afhing...

MIJN VADER KLAMPT ZICH VAST AAN EEN BOEI ALSOF ZIJN LEVEN ERVAN AFHANGT!

'Ik geloof niet dat papa ons kan redden, Nikki. Jij wel?' vroeg Brianna somber toen ze zag hoe papa zich aan die boei en zijn fles vastklampte.

Ik wilde LIEGEN en zeggen dat mijn vader op die boei was geklommen om met meneer Dolfijn te overleggen over de reddingsoperatie.

Maar helaas. Brianna kan heel onnozel zijn, maar als het belangrijk is, kijkt ze meestal DWARS door alle leugens heen.

'Volgens mij is papa nu een beetje moe. Maar maak je geen zorgen, Brianna. We verzinnen wel iets! Het komt wel goed met ons, en ook met papa!' legde ik uit, en ik gaf haar een geruststellende knuffel.

Brianna GELOOFDE elk woord dat ik zei.

Maar IK niet, helaas!

We waren VERLOREN!!

☹!!

ZONDAG 6 JULI

Ik had verwacht dat Brianna in tranen zou uitbarsten. Maar dan kende ik dat piepkuiken nog niet!

'Weet je, Nikki? Het komt ECHT goed met papa. Want WIJ gaan HEM redden!!'

HEEL FIJN! ☹

De vorige keer dat Brianna wilde helpen, bezorgde ze mijn vader bijna een hersenschudding door een dure waterfles naar zijn hoofd te smijten.

We hadden eigenlijk stinkende mazzel dat hij zich nog aan die boei kon vasthouden!

Brianna zocht in de waterfiets naar iets wat ze kon gebruiken bij een reddingsactie. Maar de stoeltjes waren van plastic en verder was er niets, behalve wij.

Ze tikte tegen haar kin en dacht diep na. 'Papa zei toch dat er iets in dat schroefding zat?'

Brianna had op dat moment zo hard staan zingen dat ik niet had gedacht dat ze dat had gehoord.

'Eh... ja,' zei ik schouderophalend.

'Nou, WAAR ZIT DAT DAN?' vroeg ze.

Al snel hing ik over de achterkant van de waterfiets heen. Brianna hield mijn voeten stevig vast. Ik haalde woest mijn handen door het water in de hoop dat ik de schroef zou vinden!!! (Wat ik natuurlijk NOOIT had gedaan als we een MOTOR hadden gehad!! Maar met een motor zouden we niet VASTZITTEN!!)

Ik wilde het al bijna opgeven toen mijn hand het schroefding vond!! En ik voelde meteen dat er een verfrommeld plastic waterflesje in zat.

'OMG! IK HEB HEM!' gilde ik opgewonden.

'YES!' schreeuwde Brianna, en ze klapte blij in haar handen.

Wat ook betekende dat ze mijn VOETEN losliet... ☹

IK VAL PER ONGELUK IN HET MEER!!

Ik kon NIET geloven dat dit echt gebeurde. En het kwam allemaal door BRIANNA!

'NIKKI! Alles oké?' riep mijn vader vanaf zijn boei.

'H-h-het gaat wel,' sputterde ik, terwijl ik me vasthield aan de achterkant van de waterfiets.

'SORRY!!' Brianna glimlachte en haalde haar schouders op, alsof zij er helemaal NIETS aan kon doen dat ik bijna was VERDRONKEN in het meer.

Doordat ik nu in het water lag, kon ik het plastic flesje dat klem zat in het schroefding veel beter zien.

Ik trok heel hard aan dat flesje. Maar toen brak er per ongeluk een stuk van de schroef af en verscheen er een barstje in de bodem van de waterfiets.

Eerst dacht ik dat ik het me verbeeldde...

OMG! ZONK ONZE WATERFIETS? ☹

Toen gilde Brianna hysterisch...

ONZE WATERFIETS ZINKT! ☹

'Volgens mij moet meneer Dolfijn ons TOCH nog komen redden!' Brianna giechelde en klapte in haar handen.

Brianna en ik hadden geen keus. We moesten het zinkende schip verlaten. Gelukkig hadden we zwemvesten aan.

'Kom op, meiden! Zwem naar de boei en klim erop. Er is plek genoeg. Jullie kunnen het!' riep mijn vader om ons aan te moedigen.

Brianna en ik zwommen spartelend naar de boei, terwijl onze waterfiets langzaam zonk.

Toen klampten we ons er ALLE DRIE aan vast alsof ons leven ervan afhing. De boei dobberde heen en weer en heen en weer in het water, als een doorgedraaide kermisattractie.

Ik was gedwongen om mezelf die ZEER moeilijke vraag te stellen die iedereen moet beantwoorden als het er, helaas, naar uitziet dat het LEVEN AFGELOPEN IS:

MOET DIT SOMS LEUK ZIJN? ☹!!

MAANDAG 7 JULI

Het ENIGE goede aan vastzitten op het meer was dat ik alles veel beter kon relativeren.

Plotseling leken al mijn grote problemen heel klein. Je weet wel, zoals dat hele...

BAD BOYZ-FIASCO!

Als ik mijn telefoon bij me had gehad, zou ik Chloë en Zoey meteen hebben gebeld om het ze te vertellen.

Ik heb zo'n geluk met zulke aardige, lieve en trouwe vriendinnen als zij, en ik verdien ze TOTAAL niet.

En dan zou ik mijn BFF's OOK vragen of ze het alarmnummer wilden bellen zodat ze een stel reddingsboten het meer op konden sturen!

Maar gelukkig was dat allemaal niet nodig...

WE WORDEN EINDELIJK GERED!

Een man op een chic jacht, met een designerzonnebril op zijn neus, stopte om ons op te pikken! Ik was ZO blij dat ik van die STOMME boei af kon. We klommen aan boord en hij gaf ons handdoeken, flesjes water en zelfs een schaal vers fruit.

'Ik was echt DOL op waterfietsen toen ik klein was!' zei hij lachend. 'Maar nu kom ik hier alleen in de vakantie, als ik de kans...'

De man viel midden in zijn zin stil en staarde me aan. Ineens zei hij verbaasd:

'NIKKI MAXWELL? BEN JIJ DAT?'

Toen zette hij zijn zonnebril af en glimlachte.

OMG! HET WAS... TREVOR CHASE!!

WE WERDEN GERED DOOR TREVOR CHASE, DIE TOEVALLIG HIER OP VAKANTIE WAS!!

Ik kon NIET geloven dat hij daar stond!

'Ik dacht dat jij deze zomer in Parijs zat, Nikki!' riep Trevor uit.

Eh... NEE dus! Ik had geen idee waarom hij dat dacht. Ik grijnsde schaapachtig en zwaaide.

'Nou, ik ben ECHT blij dat ik je zie!' zei hij. 'Ik heb je een paar dagen geleden geprobeerd te bellen, maar volgens mij had ik een verkeerd nummer. Ik hoop dat jullie nog steeds openingsact voor de Bad Boyz willen zijn!'

Ik haalde mijn schouders op. Ik was nog in SHOCK!

Het ene moment hing ik midden op een meer aan een boei. En het volgende moment stond ik op een jacht Trevor Chase aan te STAREN, die MIJ aanstaarde!

'Jullie staan al over twee weken ingeroosterd in de tournee, maar ik weet zeker dat je band er klaar voor is! Dus, wat zeg je ervan?' Trevor glimlachte weer.

'Nou, eigenlijk, eh... oké! Op tournee gaan lijkt me wel... interessant!' zei ik, alsof het niets bijzonders was.

Maar in mijn hoofd gilde ik hysterisch en deed ik mijn blije Snoopy-dans!

IK DOE MIJN BLIJE SNOOPY-DANS!

Dus nu is het officieel...

MIJN BAND STAAT IN HET VOORPROGRAMMA VAN DE BAD BOYZ! IEIEIEIEIE!! ☺

Zodra Trevor terug is van vakantie hebben we een afspraak om het tourschema door te nemen en contracten te tekenen.

Maar goed. Toen we eindelijk aan land kwamen, waren we nog nat van het meer.

Blij, opgelucht en uitgeput strompelden we terug naar de plek waar mama nog altijd zat te lezen. Ze keek verrast op en zette haar koptelefoon af.

'Zijn jullie alweer terug? Wauw! De tijd vliegt. Dit boek is SUPERgoed en echt heel SPANNEND! Ik hoop maar dat jullie je niet VERVEELDEN tijdens het RELAXED op het meer rondpeddelen?'

Toen zette ze haar koptelefoon weer op en ging verder met LEZEN!!

OMG!! Mijn moeder had geen IDEE wat wij zojuist hadden doorgemaakt!

We hadden GELUK dat we nog LEEFDEN!!

Maar het fijnste was dat Trevor mijn familie op zijn jacht had uitgenodigd om te komen ETEN en samen naar het VUURWERK voor Onafhankelijkheidsdag te kijken...

Deze dag was begonnen als een RAMPENPLAN, maar uiteindelijk werd het een HEERLIJKE feestdag!

Ik was heel trots op hoe mijn vader, Brianna en ik hadden samengewerkt en kalm waren gebleven tot we uiteindelijk gered werden!

En het belangrijkste: van onze AFGRIJSELIJKE ervaringen had ik DRIE waardevolle LEVENSLESSEN geleerd...

EEN: er zitten geen DOLFIJNEN in het Wellingtonmeer!

TWEE: geef de HOOP nooit op, want soms kom je een oplossing voor je probleem tegen op een plek waar je die NOOIT zou verwachten.

En DRIE: stap NOOIT MEER op een WATERFIETS!!!

ECHT NOOIT!!

☺!!

DINSDAG 8 JULI

Vandaag zijn we bij Zoey thuis begonnen met de bandrepetities. Dit is onze groep...

CHLOË, ZOEY EN IK ZINGEN!

Er zitten nog meer van mijn vrienden in de band.

Violet speelt keyboard, Theo gitaar en Marcus bas.

VIOLET, THEO EN MARCUS ZIJN SUPERGETALENTEERDE MUZIKANTEN!

En ten slotte is mijn crush, Brandon, onze drummer.
IEIEIE! ☺

BRANDON KNALT OP DE DRUMS!

Mijn band heet...

EIGENLIJK WEET IK HET NOG NIET!

Ik weet het! Dat is best wel raar, hè?

We zijn helemaal per ongeluk aan die naam gekomen.

Toen ik het deelnameformulier voor de talentenshow op school invulde, hadden we nog geen bandnaam. Dus schreef ik in het vakje 'naam van de act': 'Eigenlijk weet ik het nog niet.'

En dat bleef HANGEN.

We zijn eraan gewend geraakt, en nu vinden we het een GEWELDIGE naam!

Je kan wel zeggen dat hij even MUTSIG is als wij.

Hoe dan ook, we hebben SUPERveel zin in de tour!

Maar we zijn ook heel erg ZENUWACHTIG. Ik bedoel, stel nou dat we onszelf totaal VOOR SCHUT zetten en AFGAAN op het podium?

Terwijl er DUIZENDEN mensen naar ons kijken?

In STEDEN over het HELE LAND?

OMG! DAN IS MIJN LEVEN GERUÏNEERD!

Dan moet ik naar een andere school en mezelf VERMOMMEN. Misschien moet ik een goedkope pruik en een nepsnor gaan dragen, om mijn ware identiteit te verbergen.

Dan zou ik zelfs nog MINDER populair zijn dan nu.

☹!

VRIENDSCHAP IS VOOR ALTIJD! ONTDEK WELKE BAD BOY JOUW BFF IS!

Wil je al je vriendinnen jaloers maken? Wil je alle showbizzroddels en stylinggeheimen weten? Wil je tips krijgen van een leuke jongen die alles heeft?

Doe dan deze test en ontdek welke Bad Boy jouw nieuwe BFF is! Want met wie kun je beter je dromen en geheimen delen dan met een Bad Boyz-BFF? 

1. Het eerste wat ik zie als ik nieuwe mensen leer kennen is hun:

    A) blik

    B) glimlach

    C) persoonlijkheid

    D) haar

2. Mijn droomhuis is een:

    A) kasteel

    B) strandhuis

    C) landhuis

    D) penthouse

3. Mijn favo soort film is:

A) een Disney-prinsessenfilm

B) een avontuurlijke animatiefilm

C) een fantasyfilm

D) een superheldenfilm

4. Mijn favo emoji is:

A) hartoogjes 

B) knipoog met uitgestoken tong 

C) lachen en huilen tegelijk 

D) zonnebril 

5. Mijn favo ijssmaak is:

A) aardbei en koekkruimels

B) verjaardagstaart

C) chocolate chip cookie dough

D) suikerspin

6. Welke maand is het dichtst bij jouw verjaardag?

A) januari

B) oktober

C) juli

D) april

7. Wat is jouw motto?

A) Maak je dromen waar!

B) YOLO! (You only live once – Je leeft maar één keer)

C) Wees slim! Wees aardig! Wees dapper!

D) Durf anders te zijn!

8. Ik zou mezelf omschrijven als:

A) gezellig, lief en vriendelijk

B) populair, actief en sportief

C) slim, moedig en avontuurlijk

D) chic, creatief en trendy

Als je vooral A hebt:

NICOLAS is je Bad Boyz Best Friend Forever!!! Hij is de enige die je altijd kan opvrolijken als je in de put zit! Hij is je perfecte BFF omdat hij dol is op de kerstdagen, net als jij, en omdat hij PRECIES weet wat hij moet zeggen en op welk moment.

Als je in een praatbui bent, kan hij eindeloos kletsen. Maar hij schrikt er niet van als je niets te zeggen hebt. Met Nick heb je nooit last van ongemakkelijke stiltes! Jullie kunnen uren bij elkaar zitten zonder iets te zeggen.

O, en hij is dodelijk knap. En als jouw BFF vindt hij het niet erg als jij wanhopig in zijn dromerige ogen staart.

Deze Bad Boy is heel begripvol en betrokken bij anderen, en hij voelt je haarfijn aan. En omdat hij zo goed kan luisteren, is hij ALTIJD op de hoogte van de laatste showbizzroddels, verbroken relaties en nieuwe liefdes!

Hé, dat is gewoon een voordeel van een Bad Boyz-BFF! Maar sst! Je hebt het niet van Bad Boy Nick!

Als je vooral B hebt:

AIDAN is jouw Bad Boyz Best Friend Forever!!! Hij is jouw perfecte BFF omdat je je met hem nooit hoeft te vervelen. Je kunt altijd bij hem terecht als je zin hebt om te lachen of opgevrolijkt moet worden!

Als Aidan al iets voorspelbaars heeft, is het dat hij zo ONVOORSPELBAAR en SPONTAAN is! Deze Bad Boy heeft een rijke fantasie en durft zijn dromen na te jagen, ook als anderen ze maar raar vinden. Met Aidan naast je voel je je onoverwinnelijk en wil je er altijd helemaal voor gaan!

Anderen hebben hem ook graag in de buurt en dus wordt hij de hele tijd uitgenodigd voor de beste feestjes en trekt hij altijd alle aandacht. Met deze Bad Boy mis je nooit meer een exclusieve première of ander Hollywood-evenement.

Aidans sociale vaardigheden zijn gewoon niet normaal meer. Met zijn humor kan hij van elke crisis een vet feest maken! En vergeet niet: deze BFF is superschattig, dus je raakt totaal geobsedeerd door zijn dodelijk mooie lach! Je kunt niet anders dan gelukkig zijn met Bad Boy Aidan!

Als je vooral C hebt:

JOSHUA is jouw Bad Boyz Best Friend Forever!!! Hij is ongelooflijk trouw en als BFF blijft hij je LEVEN lang achter je staan! Joshua is intelligent, ambitieus en voelt perfect aan wanneer je hulp nodig hebt en wanneer je juist tijd voor jezelf wilt.

Deze BFF is meestal rustig en bescheiden, maar kan verrassend fel opkomen voor vrienden en voor sociale kwesties. Hij blijft trouw aan zijn mening en kan dapper vechten voor de goede zaak.

Hij is een geboren leider en kan judicieus praten over allerlei ingewikkelde zaken. (Inderdaad, daar staat 'judicieus'. Je woordenschat gaat met sprongen vooruit met deze boy!)

Net als jij houdt Joshua van toffe avonturen en van de zomer, met alle coole dingen die je dan kunt doen. Hij kan niet wachten om tijd door te brengen met jou, zijn nieuwe BFF. Deze gast is charmant en waanzinnig knap, en heeft veel talent en een sterke persoonlijkheid. Hij chilt met rijke, beroemde mensen en maakt toch tijd voor belangrijke dingen, zoals de beste Bad Boyz-BFF OOIT zijn!

Als je vooral D hebt:

VICTOR is je Bad Boyz Best Friend Forever!!! Hij is origineel, hij is cool, en hij is absoluut niet bang om risico's te nemen. Tuurlijk, soms kan eerst doen en dan pas denken link zijn voor je BFF. Maar veel vaker leidt zijn impulsiviteit tot een unieke kans voor jullie samen!

Het is superopwindend om bij Victor te zijn, want hij is dapper en vastberaden, en leeft altijd in het moment. Hij waardeert je eerlijkheid, je vriendschap en vooral je gevoel voor mode en stijl en je zelfverzekerdheid.

Deze BFF zal altijd zeggen wat hij denkt en is soms zo eerlijk dat jij bijna denkt: *O nee, dat kan niet waar zijn!!* Eerlijkheid is wat je in deze vriendschap zult koesteren. En omdat je niet bang bent om JEZELF te zijn, worden jullie besties *VOOR ALTIJD!*

Bad Boy Victor is perfect voor jou omdat hij altijd op de hoogte is van de laatste trends. Hij geeft je stijladvies en verklapt je de geheimen van de grootste experts uit de modewereld. Dat geeft jou het zelfvertrouwen om te schitteren in elke outfit en met elk kapsel waar je hart naar uitgaat! Met deze knappe BFF aan je zij heb je de leukste tijd OOIT!

WOENSDAG 9 JULI

Opwindend nieuws! Ik heb een mail gekregen van Trevor Chase en hij vliegt maandag naar ons toe voor ons gesprek over de tournee.

Na de bandrepetities liet Chloë nog een artikel over de Bad Boyz aan mij en Zoey zien.

'Kijk! Die gasten gaan zelfs samen op vakantie! Dat is ECHTE VRIENDSCHAP! Toch?'

'OMG! Hoe geweldig zou het zijn als WIJ dat ook konden doen? Ik zou ZO graag met jullie op vakantie gaan. Dat zou WAANZINNIG LEUK zijn!' zei ik giechelend.

Ineens had ik het door! 'Chloë! Zoey! Wacht even! Deze TOUR is ook een soort VAKANTIE! We gaan een kamer delen! En samen reizen en hangen! JA TOCH?'

'JA! ELKE DAG!!' riep Chloë.

'Zo had ik het nog niet bekeken! Maar je hebt helemaal gelijk,' zei Zoey. 'En we slapen natuurlijk in POEPCHIQUE luxehotels!'

'En we krijgen superlekkere maaltijden met heerlijke desserts in vijfsterrenrestaurants, bereid door beroemde chef-koks!' mijmerde ik.

'En we zwemmen in enorme zwembaden! Waar obers fruitige smoothies serveren, met van die schattige parapluutjes erin!' zei Chloë opgewonden.

'En wat dacht je van de spa's? Ontspannen in jacuzzi's en manicures en pedicures krijgen!' zuchtte Zoey.

'Ik kan niet wachten om alle etalages te zien! In de buurt van luxehotels heb je altijd winkels en boetiekjes met de MOOISTE spullen!' zei ik opgewonden.

'En tegen de tijd dat de tournee voorbij is,' zei Chloë dromerig, 'zijn we BFF's met...'

'DE BAD BOYZ!' gilden we. We begonnen bijna te hyperventileren. Het wordt helemaal TOP!

Maar voor MIJ persoonlijk is het ALLERMOOISTE en FIJNSTE aan de tournee toch dit:

GEEN MACKENZIE HOLLISTER!! ☺

Ik heb geen flauw idee waarom ze zo de PEST aan mij heeft.

Zelfs in de zomervakantie doet ze nog haar best om mijn leven totaal te RUÏNEREN!

Hoe ik dat weet?

Trevor Chase zei dat hij MacKenzie had gebeld om haar om mijn telefoonnummer te vragen toen hij mij niet kon bereiken. Haar dansgroepje had namelijk ook meegedaan aan de talentenshow op school.

En moet je horen!

TOEN HEEFT ZE TEGEN HEM GEZEGD DAT IK DE HELE ZOMER IN PARIJS ZAT!!

Maar dat is nog niet eens het ERGSTE!

Die meedogenloze SLANG heeft doodleuk tegen Trevor gezegd dat HAAR dansgroep dan wel in het voorprogramma van de BAD BOYZ wilde staan!

Trevor heeft serieus over haar aanbod nagedacht. Totdat hij mij in het meer aan die boei zag hangen, en mij redde!

MacKenzie is echt zo'n PATHOLOGISCHE LEUGENAAR!

Ik kan niet wachten om een hele MAAND bij haar uit de buurt te zijn. Dan is mijn leven EINDELIJK DRAMAVRIJ!

Hoe dan ook, er is geen twijfel mogelijk. Mijn BFF's en ik gaan de LEUKSTE zomer van ons LEVEN tegemoet! ☺

Samen met de BAD BOYZ!

Na alles wat ik over hen heb gehoord, weet ik zeker dat ze de TOFSTE jongens OOIT zijn.

Deze tournee wordt een DROOM die uitkomt!

Hé! WAT kan er nou nog MISGAAN?

☺!!

JOUW DROOMDATE MET EEN VAN DE BAD BOYZ!

Je hebt al veel gefantaseerd over een droomdate met de Bad Boyz! (Geef het gerust toe – dat doen we allemaal!) Dankzij deze test weet je straks voor eens en altijd wat je ULTIEME droomdate is en met WELKE Bad Boy je die kan beleven.

Echt, er zijn geen foute antwoorden! Wat je ook kiest, je gaat op date met EEN van de Bad Boyz!! Bofkont!

1. Kies je favo fruit:

A) ananas

B) aardbeien

C) watermeloen

D) druiven

2. Kies je favo kleur:

A) zwaarmoedig zwart

B) heerlijk hemelsblauw

C) knalrood

D) passievruchtroze

3. Kies je favo Bad Boyz-nummer:

A) 'Bad, Badder, Baddest'

B) 'Ik geef alles (als jij mijn hart maar breekt)'

C) 'Speel niet met mij'

D) 'You 4 Me'

4. Kies je favo tijdverdrijf:

A) op de fansite van de Bad Boyz rondhangen

B) selfies maken

C) gamen op je telefoon

D) appen met vrienden

5. Kies je favo stad:

A) New York

B) Parijs

C) Miami

D) elke stad waar de Bad Boyz optreden!

6. Kies je droomberoep:

A) ambassadeur

B) model

C) piloot

D) chirurg

7. Hoe wil je later herinnerd worden? Als...

A) machtig en rijk

B) attent en artistiek

C) vriendelijk en trouw

D) briljant en invloedrijk

8. Kies je ideale uitzicht:

A) skyline van een grote stad

B) bossen

C) strand

D) bergen

Als je vooral A hebt:

Jouw droomdate is de hele avond dansen in de hotste club met **VICTOR!** Natuurlijk loop je meteen de vip-rij voorbij – jij wacht mooi niet! – en sta je helemaal vooraan als Victor op het podium stapt om wat beats te droppen. Hé, misschien doe je zelfs mee! Maar het grootste deel van de avond heeft hij alleen oog voor jou, meid. Trek je dansschoenen aan!

Als je vooral B hebt:

Jouw droomdate is een etentje in een romantisch restaurant met **NICOLAS!** Kaarsen, bloemen, zachte muziek en duizenden kleine lampjes brengen je in de stemming voor een diep gesprek en lange blikken.

Je zult ontdekken wie deze Bad Boy is als de microfoon uit staat. Na het eten gaan jullie naar een poëzieavond, en als je geluk hebt laat Nick ook een paar dichtregels horen... over jou!

Als je vooral C hebt:

Jouw droomdate is hamburgers eten en minigolfen met **AIDAN!** Je weet hoe je lol moet maken en je verdient een date met wie je kunt lachen. Aidan is de sportiefste van de Bad Boyz, al hebben we geen idee wat hij met een golfstick kan. We weten WEL dat hij altijd hoog scoort bij pret maken. Na afloop gaan jullie een burger halen (tip van ons: deel een milkshake)!

Als je vooral D hebt:

Jouw droomdate is als vrijwilliger meehelpen in een dierenasiel met **JOSHUA!** Schattige puppy's en kittens EN de kans om in Joshua's mooie ogen te staren! Beter wordt het echt niet. We kunnen niet veel fijners bedenken dan een goede daad doen, en dat wordt nog fijner als je het samen met deze topper doet! Na afloop duiken jullie de plaatselijke boekwinkel in, waar jullie soulmates blijken te zijn, want jullie houden van dezelfde boeken.

DONDERDAG 10 JULI

IK KAN ER GEWOON NIET MEER TEGEN! Mijn familie maakt me letterlijk KNET-TER-GEK!! ☹

Brandon en ik besloten vandaag na de repetitie naar mijn huis te gaan. We wilden nog even trainen met Daisy, mijn SUPERschattige en eigenwijze puppy.

Maar voor we konden beginnen vroeg mijn moeder Brandon (en mij) of we kwamen ETEN.

Ik hou van mijn ouders, maar als mijn vrienden erbij zijn, schaam ik me kapot voor ze. Dus ik zei: 'NEE, BEDANKT.'

Maar Brandon nam de uitnodiging aan, uit beleefdheid!

OMG! Ik zat totaal te FLIPPEN tijdens het eten! Mijn vader ratelde non-stop over zijn verdelgingsbedrijf, zelfs terwijl wij probeerden te ETEN!

En mijn moeder fluisterde steeds gênante dingen tegen me, zo hard dat Brandon ze wel MOEST horen!

MIJN OUDERS ZETTEN ME TIJDENS HET ETEN TOTAAL VOOR SCHUT TEGENOVER BRANDON!

Het enige GOEDE was dat Brianna er NIET was om haar TOFFE TRUCJES MET ETEN te laten zien. Ze schept altijd op dat ze die 'helemaal zelf verzonnen heeft'.

Ze logeerde bij een vriendinnetje en was een uur eerder weggegaan. Gelukkig!

Want anders zou Brianna een grote hap gehakt, aardappelpuree en erwtjes hebben genomen, drie keer hebben gekauwd en daarna aan Brandon hebben gevraagd of hij een TOFFE truc wilde zien.

En of hij nou 'ja' of 'nee' zou zeggen, daarna zou ze haar mond vol halfgekauwd eten zo wijd mogelijk opendoen en zeggen:

'AAAAAAAH!!'

En dan zou Brandon natuurlijk zijn eetlust kwijt zijn en drie dagen, zes weken of twee jaar niks meer eten, afhankelijk van hoe GOOR hij het precies vond!

Haar andere toffe truc met eten was nog erger.

Daarbij dronk ze vruchtensap door een rietje en liet het sap dan via haar neus terugdruppelen in het glas, terwijl ze intussen een liedje neuriede.

Maar vandaag heeft mijn onhandelbare zusje zichzelf overtroffen! Brianna heeft me totaal VERNEDERD bij mijn CRUSH terwijl ze zelf niet eens THUIS was!!

IK GLIJD UIT EN VAL PER ONGELUK IN BRIANNA'S VIEZE MODDERBAD VOOR POPPEN!! ☹

Brandon probeerde me nog te waarschuwen, maar het was al te laat!

IEUW! ☹ De modder was ZO glibberig! Steeds als ik opstond, verloor ik mijn evenwicht en viel ik WEER op mijn KONT in dat modderbad!

Alsof ik aan het modderworstelen was en de MODDER won!

Uiteindelijk kwam Brandon me uit de glibberige troep trekken. Hij probeerde zijn gezicht strak te houden, maar moest op zijn lip bijten om me niet uit te lachen.

Sorry, maar ik snap niet wat er ZO grappig aan was! Ik had modder op plekken zitten waarvan ik niet eens wist dat er modder in kon kruipen.

Nou ja. Brandon heeft ook heel veel zin om met de Bad Boyz op tournee te gaan.

Hij zei dat hij zijn camera en fotospullen mee zal nemen om onze ervaringen vast te leggen. Hij wil een fotoalbum over de tournee maken! Zo COOL! ☺

Maar Brandon maakt zich OOK een beetje zorgen over zijn grootouders, omdat ze hem moeten missen bij Vrolijke Viervoeters, waar hij altijd helpt.

Hij heeft voor de komende zes weken al hondenvoer en zo besteld, afspraken bij de dierenarts voor inentingen gemaakt en het vrijwilligersrooster ingevuld! En zodra zijn opa en oma een nieuw huurcontract voor het pand hebben getekend, is alles geregeld tot hij terugkomt.

Ik ben VET onder de indruk van het feit dat hij alles voor de komende zes weken al heeft gedaan, VÓÓR de tournee! Brandon is zo volwassen en verantwoordelijk! IEIE! ☺

Heel anders dan... IK! ☹ Hé! Ik heb mijn schone was van TWEE weken geleden nog niet eens opgeruimd!

En ik heb nog STEEDS die doos met restjes PIZZA van toen mijn BFF's vorige week kwamen logeren niet weggegooid. Die ligt nu onder mijn BED te SCHIMMELEN! IEUW!!

☹!

DE BAD BOYZ KIEZEN EEN GALAJURK VOOR JOU

1. Kies je favo dessert:

   A) geroosterde marshmallows met chocola

   B) brownie

   C) cupcake

   D) ijs

2. Kies je Zweinstein-afdeling:

   A) Ravenklauw

   B) Huffelpuf

   C) Zwadderich

   D) Griffoendor

3. Kies je favo soort boek:

   A) detective

   B) romantisch boek

   C) fantasyboek

   D) grappig boek

4. Kies je favo Bad Boyz-merchandise:

   A) Bad Boyz-hondentrui

   B) Officiële Bad Boyz-agenda

C) Bad Boyz-glittershirt

D) Bad Boyz-fietshelm

5. Kies je favo activiteit met je BFF's:

A) slaapfeestje

B) make-over

C) naar de sauna

D) winkelen

6. Kies je droomhuisdier:

A) golden retriever

B) paard

C) konijn

D) hagedis

7. Kies je favo Bad Boyz-album:

A) *Bad tot op het bot*

B) *Badder dan ooit*

C) *Bad bloed*

D) *De Baddest van de Bad*

8. Kies je favo haarstijl:

A) losse, natuurlijke golven

B) klassiek, elegant opgestoken

C) asymmetrisch, trendy met stekeltjes

D) paardenstaart

Als je vooral A hebt:

JOSHUA heeft een originele, hippe JUMPSUIT voor je uitgekozen!!! WAT? Een galajurk die geen jurk is? Maar wacht! De laatste tijd zie je jumpsuits op alle rode lopers in Hollywood. Ze hebben evenveel glamour als jurken, maar je kan je er veel beter in BEWEGEN op de dansvloer! Ga helemaal los, meid!

Als je vooral B hebt:

NICOLAS heeft deze klassieke, elegante pastelkleurige baljurk voor je uitgekozen. KWIJL!!! Je zult je net Assepoester voelen, maar in plaats van om middernacht weg te rennen dans je de hele nacht door (tenzij je op een bepaalde tijd thuis moet zijn)! En omdat Nick weet wat een meisje wil, heeft deze jurk zelfs ZAKKEN!!!

Als je vooral C hebt:

VICTOR heeft deze supertrendy jurk uitgekozen. Met de beste trends van dit galaseizoen: glitter, off-shoulder en een hoog-laag zoom! Deze jurk is modieus en grappig, perfect voor een meisje dat van aandacht houdt! Ga midden op de dansvloer staan en laat die glitters sprankelen in het licht!

Als je vooral D hebt:

AIDAN heeft deze retro jarentwintigjurk uitgekozen! Wie had gedacht dat hij zo'n klassieke smaak heeft? (Hij zei dat hij de franje leuk vindt, LOL!) Van deze jurk krijg je zin om de charleston te dansen! (Vraag maar aan je oma – zij kan je de moves wel leren.) Deze jurk is misschien retro, maar DIT is jouw moment, en jij gaat naar het gala van de eeuw!

VRIJDAG 11 JULI

Ik kan haast niet geloven dat we over ZEVEN dagen al op tournee gaan!

Omdat Zoey SUPERgeorganiseerd is, stelde ze voor om VANDAAG al te beginnen met koffers inpakken. We gaan straks vier weken op tournee en we moeten kleren meenemen voor overdag.

We hoeven ons geen zorgen te maken over de kleding die we op het podium dragen. Daar zorgen de regisseur en de stylist voor.

Ik geef meteen toe dat ik geen FASHIONISTA ben! In de zomer draag ik meestal supermakkelijke spijkerbroeken, shorts, shirtjes, sandalen en sneakers.

Maar Chloë stond erop dat onze zomergarderobe SCHATTIG, CHIC en STIJLVOL zou zijn, net als die van alle beroemde POPSTERREN. Ze gaf Zoey en mij zelfs een trendy modetijdschrift, *Fab Funky Fashion*, om inspiratie op te doen.

Ik haalde mijn hele kast leeg! In mijn wanhoop sleepte ik zelfs de doos met schoolkleren van vorig jaar erbij...

MIJN GARDEROBE BLIJKT NIET SCHATTIG, CHIC OF STIJLVOL TE ZIJN! ☹

Het goede nieuws is dat er vandaag een enorme zomer-UITVERKOOP is in het winkelcentrum! Daar kan ik voor een zacht prijsje wel wat leuke setjes scoren!

Ik heb al mijn verjaardagsgeld nog, en in mijn sokkenla ligt ook nog wat ik verdiend heb met het hondenkoekjes-bedrijf dat Brianna en ik vorige maand zijn begonnen.

Hoe we in de hondenkoekjes terecht zijn gekomen, is een lang en ingewikkeld verhaal, waar ik nu echt geen tijd voor heb.

Maar mijn moeder wil mijn taken wel overnemen en Brianna helpen terwijl ik met mijn band repeteer en op tournee ben.

Hoe dan ook, morgen ben ik van plan om nieuwe kleren te gaan kopen!

Ik bladerde Chloës tijdschrift door op zoek naar coole mode-ideeën toen ik een SUPERverrassende advertentie van de Bad Boyz tegenkwam!

Ik scheurde hem uit en deed hem in mijn dagboek...

KUN JIJ GOED ZINGEN
EN HOU JE VAN DE
BAD BOYZ?

HEB JIJ HET IN JE
OM EEN NIEUWE
BAD BOY TE ZIJN?

KIJK OP ONZE
WEBSITE VOOR MEER
INFO OVER ONZE OPEN
AUDITIES VOOR ALLE
GIRLZ EN BOYS MET
INTERESSE!!

BAD ZIJN VOELT
ZO GOED!

Volgens de informatie op hun website denken ze er serieus over na om een NIEUW BANDLID aan te nemen na hun tournee!!

OMG! Ik krijg al VLINDERS in mijn buik als ik daaraan denk! Maar ik moet ook heel eerlijk zijn.

Ja, ik GENIET heel erg van muziek! Maar mijn HART ligt toch vooral bij...

KUNST is mijn PASSIE!!

Ik weet niet of ik zonder kunst zou kunnen LEVEN!

Maar hé! Niets is onmogelijk!

Misschien zit er diep in mijn gekwelde artistieke ziel een hippe BAD GIRL te wachten tot ze kan ontsnappen naar de wereld van de BAD BOYZ!

 !!

DE BAD BOYZ KIEZEN LIPGLOSS VOOR JE UIT

1. Kies je favo bloem:

    A) madeliefje

    B) roos

    C) orchidee

    D) iris

2. Kies je favo retrotrend in de mode:

    A) overall

    B) flanellen overhemd

    C) veterlaarzen

    D) legging

3. Kies je favo schoolvak:

    A) gym

    B) Engels

    C) tekenen

    D) natuur en techniek

4. Kies je favo Bad Boyz-clip:

    A) 'Later, hater!'

    B) 'Hopeloos verslaafd aan jouw lipgloss'

C) 'Enge emoji-emoties'

D) 'Bad-alicious!'

5. Kies het beste telefoonhoesje:

A) regenboogglans

B) vrolijke hartjesglitter

C) Bad Boyz-logo

D) gekke eenhoorns

6. Kies je favo feestdag:

A) je verjaardag

B) Valentijnsdag

C) Halloween

D) Oud en Nieuw

7. Kies je favo troosteten:

A) frietjes

B) verse aardbeien

C) cupcakes

D) koekjes

8. Kies je favo dier:

A) kangoeroe

B) vlinder

C) vleermuis

D) koala

Als je vooral A hebt: AIDAN heeft Don't Be Jelly uitgekozen voor jouw zachte lippen! Deze rode lipgloss heeft de kleur (en de geur!) van aardbeienjam. Hij zal je veel ZOETE blikken van bewonderaars opleveren!

Als je vooral B hebt: NICOLAS heeft Fairy Tears uitgekozen voor jouw magische persoontje! Puur of als laagje over je favoriete lipstick heen betovert deze iriserende, glinsterende gloss iedereen die jou ziet. (Maar wees gerust: er zijn geen feeën verwond tijdens de productie van deze lipgloss!)

Als je vooral C hebt: VICTOR heeft Dead of Night uitgekozen voor je innerlijke gothkrijger of zombieprinses! Zwarte lipgloss is een moedige keuze voor moedige mensen die een statement willen maken. Laat je lippen de wereld vertellen wie je bent!

Als je vooral D hebt: JOSHUA heeft Petal to the Metal voor je uitgekozen! Dit bijna onzichtbare roze is perfect voor een meisje dat er fris uit wil zien, net een beetje verzorgder dan naturel. Je make-up is onopvallend, maar je intelligentie niet!

ZATERDAG 12 JULI

Ik pakte de *Fab Funky Fashion*–tijdschriften waarin ik de afgelopen vierentwintig uur als een gek had zitten lezen, propte ze in mijn tas en stapte uit de auto.

'Bel maar als je klaar bent met winkelen, lieverd. En denk erom: geen snoepjes aannemen van vreemden!' riep mijn moeder me nog na door het raampje. Ik liep snel naar de hoofdingang en deed alsof ik haar niet hoorde.

Vanwege de uitverkoop was het druk in het winkelcentrum. Tientallen meisjes strekten hun hals om te zien welke arme meid er in het openbaar vernederd werd door een moeder die haar toesprak alsof ze vijf was.

EN BEDANKT, MAM! ☹

Mijn FAVO winkel is Sweet 16 Forever. Ik was heel blij toen ik zag dat overal 50 procent korting op zat! Met deze prijzen zou ik een hele nieuwe zomergarderobe kunnen kopen! IEIEIE! ☺

Chloë en Zoey waren thuisgebleven om in te pakken. Maar ze zaten allebei klaar om via de app eerste hulp bij modeongevallen te verlenen. Bovenaan mijn lijstje must-haves uit de *Fab Funky Fashion* stond een schattig zomerjurkje met bijpassende sieraden. Ik stond naar een SUPERschattig jurkje op een paspop te kijken, toen ik twee heel bekende stemmen hoorde.

'OMG, Tiffany! Ik ben in mijn HELE leven nog nooit zo totaal VERNEDERD! Ik had MIJN dansers en AL mijn 8921 volgers op social media al verteld dat Macs Maniacs in het voorprogramma van de Bad Boyz zouden staan! Mama had al contact gehad met de bladen en papa had een pr-agent en een cameraploeg ingehuurd. En nu heeft Trevor Chase alles zomaar ineens heel bot AFGEZEGD!'

'Wat AFSCHUWELIJK, MacKenzie! Maar hij had toch gezegd dat hij erover na zou denken en je zou laten weten wat zijn beslissing was? En zijn beslissing was, eh... NEE!'

'Zeg, aan welke kant sta jij eigenlijk, Tiff? Jij zou MIJN BFF moeten zijn! Ik heb DRIE hele dagen gehuild. OMG, dat jurkje is echt dodelijk mooi!'

IK HOOR MACKENZIE EN TIFFANY OVER DE BAD BOYZ-TOURNEE PRATEN!

Ik was ze echt niet aan het afluisteren of zo!

Ik bedoel, dat zou toch wel HEEL kinderachtig zijn!

Ik stond gewoon achter een paspop te chillen, naar ze te gluren en me met mijn EIGEN zaken te bemoeien.

'Maar goed. Trevor zei dat hij voor Nikki's band heeft gekozen! Dat geloof je toch niet?' zei MacKenzie woedend. 'Dat zijn zulke talentloze LOSERS! Nou, behalve Brandon dan. Hij is echt wel *boyfriend material*. Ik weet niet wat hij in Nikki ziet. Al heeft hij natuurlijk een zwak voor schurftige HONDEN! Dat is de ENIGE logische verklaring!'

'Helemaal mee eens!' Tiffany giechelde. 'Zijn beste vriend Max is ook SUPERleuk. Met hem zou ik echt wel hangen! Ze zijn allebei vrijwilliger bij Vrolijke Viervoeters, toch? Zullen we deze jurkjes kopen, aandoen en dan ook VRIJWILLIGERS worden?'

Ik was zo BOOS dat ik die MEID bijna per ongeluk omgooide! De paspop, NIET MacKenzie!!

WIE koopt er nou schattige jurkjes om te dragen bij Vrolijke Viervoeters en daar te DOEN ALSOF ze om de arme dieren geven, terwijl ze eigenlijk ALLEEN MAAR komen om te FLIRTEN?

TWEE KOUDE, HARTELOZE MONSTERS! ☹

'Wat een GEWELDIG idee, Tiffany! Maar dat moet dan volgende week al! Brandon gaat op tournee en als hij terugkomt, bestaat Vrolijke Viervoeters niet meer!'

'Bedoel je dat de jongens dan zo geobsedeerd zijn door ONS dat ze niets meer om Vrolijke Viervoeters geven?' vroeg Tiffany.

'NEE! Het bestaat dan LETTERLIJK niet meer! Het wordt een PARKEERTERREIN! Papa zegt dat het ziekenhuis om de hoek wil uitbreiden. En als hij de eigenaar kan overhalen het gebouw van Vrolijke Viervoeters aan HEM te verkopen, kan hij het daarna voor drie keer zoveel DOORVERKOPEN aan het ziekenhuis voor hun nieuwe parkeerterrein en VET VEEL winst maken! Dan stopt Brandon met tijd VERSPILLEN aan die stomme HAARBALLEN en heeft hij EINDELIJK aandacht voor MIJ!' Ondertussen smeerde MacKenzie voor een spiegel drie lagen Rip-Off Ruby Red-lipgloss op.

'O, oké,' zei Tiffany, maar ze keek alsof ze het niet helemaal begreep. 'Maar als Vrolijke Viervoeters een parkeerterrein wordt, WAAR blijven die arme dakloze dieren dan?'

MacKenzie draaide zich om en staarde Tiffany aan. Het leek EEUWEN te duren.

'Eerlijk gezegd h-heb ik g-geen idee wat er met ze gaat g-gebeuren,' stotterde MacKenzie toen gespannen.

Toen staarde ze in de spiegel en draaide ze een haarlok om haar vinger, terwijl er een kille glimlach op haar gezicht verscheen.

'Maar weet je hoe DAT klinkt? Als: NIET mijn PROBLEEM!' zei ze koud, terwijl ze nog een laag lipgloss opsmeerde. 'OMG! Tiffany, het kon me BIJNA iets schelen! Ik schrok me KAPOT van mezelf!'

Toen lachten ze samen om haar ZIEKE grapje.

Ik bleef achter de paspop verstopt staan, totaal in shock door wat ik net had gehoord.

Ik zei geen woord, maar in mijn hoofd was ik totaal AAN HET FLIPPEN!

Het zou natuurlijk kunnen dat MacKenzie loog!

Ik bedoel, die meid liegt zelfs over haar leugens.

Maar haar vader is WEL een van de rijkste zakenmannen in de stad.

En hij staat BEKEND om zijn SCHIMMIGE zakendeals, zijn SLINKSE tactieken en zijn onstilbare GELDHONGER!

OMG! Stel dat Vrolijke Viervoeters ECHT een parkeerterrein is als we thuiskomen na de tournee?

Brandon zou er KAPOT van zijn!

En het leven van tientallen hulpeloze dieren zou in gevaar zijn!

Nu ik dit wist, kon ik absoluut niet met de Bad Boyz op tournee gaan!

Ik moest thuisblijven om de sinistere Marshall 'Geldwolf' Hollister en zijn valse dochter MacKenzie TEGEN TE HOUDEN!

Ik was ineens zo MISSELIJK dat ik bang was dat ik mijn ontbijt zou uitkotsen, zo over dat SUPERschattige jurkje van de paspop heen!

☹!!

ZONDAG 13 JULI

Hiervoor heb ik geschreven dat ik MacKenzie tegen Tiffany hoorde zeggen dat Vrolijke Viervoeters in een PARKEERTERREIN wordt veranderd!! Ik moest meer van haar duivelse plan weten! Dus volgde ik ze stiekem naar de afdeling spijkerbroeken.

'Wil je nog wel AUDITIE doen voor die plek bij de Bad Boyz, MacKenzie? Ik zag het op TienerTV! Iedereen heeft het erover.'

'Die plek is al van MIJ! Alleen WETEN de Bad Boyz het nog niet!' zei MacKenzie opschepperig. 'Een ding is zeker: ik ga GEEN tijd verspillen aan het online zetten van een auditiefilmpje, zoals miljoenen andere ZOGENAAMDE zangers en dansers! Ik doe persoonlijk auditie en MAAK ZE GEK met mijn fantastische talenten! Die jongens zullen me smeken om bij de band te komen!'

'OMG, Mac! Hoe heb je een liveauditie geregeld?'

'Eerlijk gezegd WERK ik daar nog aan! Maar ik krijg altijd PRECIES wat ik WIL! Zelfs Brandon!'

Toen ze DAT zei, stootte ik per ongeluk mijn hoofd tegen het rek met spijkerbroeken... BENG!! AUWW! ☹

IK BEN ER GLOEIEND BIJ!! ☹

Tiffany kwam er ook bij staan. Ik keek ze allebei vuil aan en rolde zo hard met mijn ogen dat ik dacht dat ze als pingpongballen uit mijn hoofd zouden ploppen en naar de afdeling badmode zouden stuiteren.

'Ik weet dat je GEOBSEDEERD bent door mij, Nikki! Maar dat STALKEN begint best wel ENG te worden!' MacKenzie keek me kwaad aan. 'HAAT me niet omdat ik MOOI ben!'

'Sorry dat ik je zeepbel doorprik, maar 99 procent van jouw SCHOONHEID kun je er ZÓ met een nat washandje AF HALEN!' zei ik. 'En ik STALK je niet, MacKenzie! Ik ben gewoon op zoek naar een nieuwe, eh... spijkerbroek!'

Ik duwde de broeken waar ik me achter verstopt had aan de kant.

Toen pakte ik een *boyfriend* jeans en deed alsof ik naar het prijskaartje keek.

'Wauw! Deze is leuk!' zei ik hardop tegen mezelf. Ik probeerde de twee meiden te negeren.

'DAT is een BOYFRIEND JEANS!' sneerde MacKenzie. 'Jij kan beter een broek zoeken die bij je persoonlijke stijl past. Zoals een goedkope TE-LELIJK-VOOR-EEN-BOYFRIEND-stretchbroek van polyester, uit de koopjeshoek!'

Oké... NU WAS HET OORLOG!

'Echt? Het klinkt anders alsof JIJ EEN BOYFRIEND ZOEKT, MacKenzie! En je bent wanhopig genoeg om Vrolijke Viervoeters in een PARKEERTERREIN te laten veranderen om er eentje te krijgen!' zei ik woedend, terwijl ik recht in haar slangachtige kraaloogjes keek. 'Brandon vindt JOU ECHT GEEN *girlfriend material*!'

Tiffany en MacKenzie keken elkaar zenuwachtig aan. Ze wisten dat ik hun gesprek had afgeluisterd!

'Luister, Nikki, ik wil auditie doen voor de Bad Boyz! En JIJ wil dat Vrolijke Viervoeters openblijft, toch? Dus laten we een DEAL sluiten! Als jij MIJ laat optreden tijdens jullie laatste show EN me voorstelt aan de Bad Boyz, zal ik met mijn vader praten over Vrolijke Viervoeters! Dat is dan ONS GEHEIMPJE! DEAL?'

Ik kon MacKenzie alleen maar ongelovig AANSTAREN!

HOE kon ze MIJ vragen om zoiets STIEKEMS en ONEERLIJKS te doen?

'Jij, MacKenzie Hollister, bent een armzalig ijdele, egocentrische, blonde beerput vol rondklotsende ELLENDE!' schreeuwde ik haar walgend toe.

Maar dat zei ik alleen in mijn hoofd, zodat niemand het kon horen.

'JIJ bent een gemene, manipulerende OMKOPER!' zei ik, ziedend van woede.

Toen glimlachte MacKenzie vals...

IK BEN TOTAAL IN SHOCK
OMDAT MACKENZIE ME PROBEERT
OM TE KOPEN!!

Ik ging heel dicht bij haar staan en zei PRECIES wat ik van haar DEAL vond!

Toen draaide ik me om en liep zo de winkel uit! Ik belde mijn moeder om te vragen of ze me kon komen ophalen, ook al had ik nog niets gekocht.

Het is nu zondagavond en ik voel me nog steeds ELLENDIG!

Ik zit in mijn slaapkamer naar de muur te STAREN en te MOKKEN! ☹

Om de een of andere reden voel ik me daarna altijd veel beter. ☺

In feite heeft MacKenzie MIJ gevraagd om achterbaks, onbetrouwbaar en oneerlijk te zijn, en Brandon, mijn BFF's, Trevor Chase en zelfs de Bad Boyz te bedriegen.

Alleen maar om haar EGOÏSTISCHE ZIN te krijgen!

Ik wist al wat er zou gebeuren als ik AKKOORD ging met de deal. Dan zou MacKenzie precies krijgen wat ze wilde!

En als mijn vrienden er ooit achter zouden komen, zouden ze me net zo erg HATEN als ik MEZELF zou haten.

Maar als ik NIET akkoord ging met MacKenzies deal?

Wat zou er dan met de dieren in Vrolijke Viervoeters gebeuren?

En, belangrijker, met BRANDON en zijn FAMILIE?

Brandons opa en oma zijn eigenaar van het dierenasiel!

En MacKenzies vader heeft het snode plan om hun huurcontract NIET te laten verlengen. Dan kan hij het gebouw kopen en het doorverkopen aan het ziekenhuis, zodat het ziekenhuis het parkeerterrein kan uitbreiden! ☹

Ik weet dat er een kans is dat alles helemaal goed komt.

Maar er is OOK een kans dat het een enorme RAMP wordt!

Het enige wat er echt toe doet, is dat ik om Brandon GEEF. HEEL VEEL.

Ik wil ECHT niet het RISICO lopen dat hij gekwetst wordt of moet verhuizen. Dus ja! Gisteren, in Sweet 16 Forever in het winkelcentrum, heb ik een PACT met de DUIVEL gesloten!

En ze heeft blonde hairextensions, merkkleding, een lipglossverslaving en een gastoptreden in het laatste voorprogramma van de Bad Boyz!!

Hopelijk ontdekt niemand dat ik iets te maken heb met MacKenzies BELACHELIJKE plan om STIEKEM het podium op te komen en live voor de Bad Boyz op te treden om een plaatsje in de band te VEROVEREN.

Hé! Ze heeft beloofd dat het ONS geheimpje blijft!

Trevor zal wel WOEDEND worden op MacKenzie, vooral omdat hij al NEE tegen haar heeft gezegd!

In elk geval zal de tournee al zo'n beetje afgelopen zijn tegen de tijd dat hij mij eruit TRAPT!

Ik moet misschien OPGELUCHT zijn dat ik maar VIJF MINUTEN van ons LAATSTE OPTREDEN met MacKenzie te maken krijg, in plaats van de HELE TOURNEE VAN VIER WEKEN!! Dat zou PURE MARTELING zijn!

OMG! Ik laat nog liever mijn BLINDEDARM eruit halen met een ROESTIGE LEPEL dan dat ik met HAAR samen op Bad Boyz-tournee ga!!

☹!!

MAANDAG 14 JULI

Trevor Chase kwam vandaag met het vliegtuig naar ons toe, samen met onze regisseur en stylist! Onze bandrepetitie ging dus niet door, want we hadden bijna de hele dag afspraken.

Eerst zouden we de details van de Bad Boyz-tournee met Trevor bespreken.

Daarna volgde een afspraak met de regisseur over muziek, dans en decor voor ons optreden van 25 minuten.

Dan zouden we een sessie met onze stylist hebben over haar, make-up en podiumkleding.

En ten slotte was er een gesprek met onze ouders.

Trevor besloot ons voor alle afspraken in twee groepen te verdelen, vooral vanwege de gesprekken over de kleding.

Dus zaten Chloë, Zoey, Violet en ik in de ene groep, en Brandon, Marcus en Theo in de andere.

Ik moet zeggen dat wij MEIDEN nogal opgewonden waren over dit hele TOURNEEgebeuren...

ONZE DAG BEGINT MET
DE SLAPPE LACH EN EEN
GROEPSKNUFFEL!

Het gesprek met Trevor Chase was heel leuk en hij maakte ons aan het lachen.

We krijgen allemaal BETAALD voor de tournee! Eerlijk gezegd hadden WIJ de Bad Boyz wel willen betalen om in HUN voorprogramma te mogen staan.

Het was VEEL meer geld dan we ooit hadden gedacht! Ik wist vrij zeker dat het genoeg zou zijn om het eerste jaar van onze STUDIE te betalen. SUPER!

Op tournee DELEN wij met ons vieren een suite met twee slaapkamers! We waren HEEL blij om dat te horen!

We hoorden ook dat onze regisseur ons zal begeleiden. Ze krijgt de kamer naast de onze zodat ze ons goed in de gaten kan houden.

Als we regels uit het Bad Boyz-tourneehandboek overtreden, krijgen we minpunten. Wie tien minpunten heeft, wordt meteen naar huis gestuurd!

SLIK! ☹

We moeten elke avond binnen een half uur na het concert in onze kamer zijn, met het licht uit.

Ontbijt, lunch en diner worden verzorgd door de hotels en we mogen in het restaurant eten of roomservice bestellen. ZO COOL! ☺

Dat was het zo'n beetje!

Samen met de regels en informatie uit het tournee-handboek van vijftig pagina's dik. Trevor gaf ieder van ons er een en zei dat we het goed moesten lezen.

Onze volgende afspraak was met onze regisseur!

We konden niet wachten om haar eindelijk te ontmoeten.

'Meiden, ik stel jullie graag voor aan deze fenomenale, getalenteerde vrouw! Jullie hebben vast al van haar gehoord,' zei Trevor enthousiast toen ze binnenkwam. 'Ze is een wereldberoemde olympisch kampioen kunstschaatsen en voormalig regisseur van een landelijke schaatsshow! Zeg maar hallo tegen de regisseur van onze Bad Boyz-tournee...'

'...VICTORIA STEEL!'

OMG! VICTORIA STEEL?

HEEL FIJN!!! ☹

Dat is de DOORGEDRAAIDE DRAAK van die rampzalige Holiday on Ice-liefdadigheidsshow waarin Chloë, Zoey en ik in december hebben geschaatst! Die vrouw HAATTE me zo ERG dat ze haar BEVEILIGERS opdracht gaf me van het ijs af te SLEUREN!

Oké, ik geef toe dat ik die dag niet wilde meedoen met de repetities. Daarom deed ik alsof ik een GEBROKEN BEEN had en had ik met twee rollen wc-papier en tape een gipsverband in elkaar geknutseld.

Maar... DAN NOG!! Victoria reageerde daar vreselijk OVERDREVEN op en dreigde Chloë, Zoey en mij uit de show te schoppen!

Mijn BFF's en ik staarden haar nu alleen maar aan, GESCHOKT en VERBLUFT! Het leek wel een heel NARE DROOM!

☹!!

WAT ZIT ER IN JE TAS? ONMISBARE SPULLEN VOOR DE ULTIEME BAD BOYZ-FAN!

Ben jij de ULTIEME Bad Boyz-fan? Wees dan altijd voorbereid op een Bad Boyz-NOODGEVAL! Deze ZEVEN belangrijke dingen heeft een SUPERFAN altijd bij zich.

Watervaste stift – Stel dat je op straat een van de Bad Boyz tegenkomt? Als je klaar bent met de fangirl uithangen (laat ons niet lachen – daar ben je nooit klaar mee!!), wil je natuurlijk een handtekening. Zorg dus dat je ALTIJD een watervaste stift bij je hebt!!!

Lipgloss – Natuurlijk moeten je lippen ALTIJD om te zoenen zijn! Stop dus altijd gloss in je favoriete kleur en smaak in je tas of zak. En doe de lipglosstest verderop in dit blad als je wilt weten welke lipgloss de Bad Boyz voor jou uitkiezen!!!

Tic Tacs – Op het onverwachte moment dat je HEEL dicht bij je FAVO Bad Boy komt, wil je wel een tintelfrisse adem hebben! Deze mintjes smaken ook nog goed! Je hebt ze eigenlijk net zo hard nodig als de eerder genoemde lipgloss.

Spiegeltje – We weten dat je er ALTIJD FANTASTISCH uitziet. Maar als je je favoriete Bad Boy eindelijk ontmoet, wil je echt wel een spiegeltje hebben om te checken of elk haartje op zijn plek zit, je lipgloss glanst en er geen sla tussen je tanden zit. Je kunt er ook mee checken of je nog ADEMT als hij vraagt of je met hem mee wil zingen op het podium.

Muziek en koptelefoon – Geen enkele Bad Boyz-fan wil ooit zonder haar tunes komen te zitten! (Extra tip: met draadloze oordopjes kun je makkelijker tijdens wiskunde STIEKEM luisteren!)

Dagboek of opschrijfboekje – De beste manier om het MOMENT dat je je favo Bad Boy ontmoet tot in de kleinste, spannendste details vast te leggen is alles opschrijven, zodat je het VOOR ALTIJD onthoudt! Ook weet je nooit wanneer de inspiratie toeslaat en je een gedicht of songtekst moet opschrijven! Nick heeft altijd een boekje bij zich, dat moet JIJ ook doen!

Water – Een ultieme Bad Boyz-fan zijn is HARD WERKEN!! 
Houd jezelf gehydrateerd, zodat je altijd op je allerbest kan zingen, dansen en fangirlen! (En als je een milieubewuste ultieme fan bent, kun je je eigen Bad Boyz-waterflesje aanschaffen)!

DINSDAG 15 JULI

Victoria Steel was nog MOOIER dan ik me herinnerde! Ze is eind twintig en ze ziet eruit als een kruising tussen een beroemde Hollywoodster, een supermodel EN een popprinses. Een rasechte GLAMOURDIVA.

Ik zag ook twee brede mannen in zwarte pakken met oortjes vlak achter de deur staan, plus twee gestrest kijkende assistenten met mobieltjes.

Ze reist dus nog STEEDS met haar eigen beveiligingsteam en personeel.

Victoria glimlachte warm naar ons. 'Hallo meiden! Ik kijk ernaar uit om met jullie aan de slag te gaan!' zei ze, terwijl ze ons luchtkusjes gaf. 'Ik ga GROTE sterren van jullie maken! Dromen komen ECHT uit!'

WAUW! Deze nieuwe Bad Boyz-versie van Victoria Steel leek SUPERaardig!

Maar toen Trevor Chloë, Zoey, Violet en mij aan haar had voorgesteld, sloeg Victoria haar armen over elkaar.

'Chloë, Zoey en Nikki! Jullie DRIE komen me HEEL bekend voor! Kennen wij elkaar?' vroeg ze en ze staarde ons achterdochtig aan.

Mijn BFF's en ik keken elkaar nerveus aan en haalden onze schouders op. We gingen haar ECHT NIET vertellen dat WIJ de DRIE onhandige CLOWNS uit haar Holiday on Ice-show van afgelopen december waren.

OMG! Tijdens ons optreden ben ik zo vaak op het ijs gevallen dat ik er gewoon BEVROREN BILLEN van had!

'Maar je HEBT ze ook eerder gezien!' legde Trevor uit. 'Ik heb je een paar weken geleden een filmpje van hun band gestuurd, zodat je alvast wat ideeën op kon doen.'

'Oké, dat verklaart het. Mijn aantekeningen staan op mijn iPad,' zei Victoria. Ze zocht in haar tas en raakte geïrriteerd toen ze hem niet direct kon vinden.

'WAAR IS MIJN iPAD?' schreeuwde ze plotseling tegen haar personeel. 'IK HEB MIJN iPAD NODIG! NU! Hoe kan ik MIJN werk doen als jullie dat van JULLIE niet doen? WAAR BETAAL IK JULLIE EIGENLIJK VOOR?'

Ze begonnen meteen in paniek in handtassen, koffers en tassen te zoeken. En binnen een paar seconden...

...GAVEN ZE VICTORIA ALLEMAAL EEN iPAD!

Een ding was heel duidelijk: Victoria had nog steeds de SLECHTE gewoonte om tegen mensen te GILLEN en te SCHREEUWEN! Zonder duidelijke reden.

'Hoeveel iPads heb je nodig om een diva te kalmeren?' fluisterde Violet tegen ons. We moesten moeite doen om ons lachen in te houden!

'Ik moet de iPad met de roségouden hoes hebben!' krijste ze. 'NIET met de LUIPAARDPRINT! NIET met de STEENTJES! NIET met de LOVERTJES! En NIET met de GLITTERS! Ik heb NIETS aan jullie!!'

Victoria rolde met haar ogen van walging. Toen keek ze weer naar ons en plakte een nepglimlach op haar gezicht.

'Het spijt me heel erg, Trevor, maar zo te zien ligt de iPad die ik nodig heb nog in het hotel. Ik mail mijn FANTASTISCHE ideeën later vandaag aan iedereen.'

'Dat klinkt prima, Victoria. Misschien kun je dan nu iets vertellen over de socialmediacampagne voor onze opwindende nieuwe openingsact?' vroeg Trevor.

WAUW! Kreeg onze band echt een eigen campagne op social media? ZO COOL! ☺

'Natuurlijk! Die wordt GROOT! Die wordt GEWELDIG! Die wordt TRENDY!' zei Victoria opschepperig. 'En dat wordt dus VEEL werk! Daarom wil ik een stagiaire social media aannemen voor de lancering en de dagelijkse onlineactiviteiten. Die gaat met ons mee op tournee en plaatst in elke stad updates en foto's.'

'Fantastisch!' zei Trevor.

Plotseling keek Victoria boos naar haar beveiligers. 'Kan iemand me ALSJEBLIEFT een glas water geven? WAAROM moet ik erom VRAGEN? En denk erom dat het BRONWATER op KAMERTEMPERATUUR uit een GLAZEN flesje moet zijn, anders gaat het gelijk de PRULLENBAK in! SCHIET OP! Voor ik STERF van de DORST!'

De mannen knikten nerveus en gingen snel op zoek naar het juiste water. Toen glimlachte Victoria naar ons en vroeg of we nog vragen hadden over de tournee. Maar we zaten er gespannen bij en waren veel te bang om iets te vragen. Dus ons gesprek was eindelijk afgelopen.

'Bedankt dat je de tijd hebt genomen om de jongens

en de meiden te ontmoeten, Victoria!' zei Trevor. 'Ga je nu terug naar het hotel?'

Victoria keek op haar horloge en zette een designerzonnebril vol blingbling op...

IK BEN GEK OP VICTORIA'S GLAMOUR!

'Nou, over een uur word ik tot Vrouw van het Jaar uitgeroepen bij een lunch van het Westchester Instituut voor Mode en Make-up. Ik HAAT die

TRIESTE evenementen. Ze zijn zo ZONDE van mijn tijd! De mensen zijn oppervlakkig en saai, en het eten is zo SLECHT dat ik het niet eens aan mijn KAT zou GEVEN!' tierde Victoria.

AU! Dat is het instituut van MacKenzies tante!

Victoria ging verder. 'Maar er zullen tv-camera's zijn en een heleboel BEWONDERENDE fans. Anders zou ik de moeite niet nemen om erheen te gaan. Nou, leuk jullie te ontmoeten, meisjes. Spreek jullie later!'

Toen beende ze de kamer uit. Haar personeel holde achter haar aan.

'WAAR IS MIJN BEVEILIGING? ALS IK TE LAAT KOM BIJ DIE LUNCH... JULLIE SPELEN MET VUUR!' dreigde Victoria terwijl de liftdeur dichtging.

Plotseling was het zo stil in de kamer dat het leek alsof alle lucht was opgezogen door Victoria's negatieve energie.

Toen zei Violet: 'Als je met VUUR speelt, kun je de vlammen alleen blussen met BRONWATER op KAMERTEMPERATUUR uit een GLAZEN flesje!'

Uiteindelijk schraapte Trevor zijn keel. 'Tja, zoals jullie zien is Victoria een beetje, eh... hooggevoelig. Maar dat valt te verwachten bij die creatieve types. Als jullie problemen met haar krijgen, laat het me dan weten. Ze is heel goed in haar werk! Maar ik geef toe dat haar sociale vaardigheden een beetje minder zijn.'

Sorry, maar Victoria's 'mindere sociale vaardigheden' zijn nog maar het topje van de ijsberg. Ze heeft een VEEL groter en erger probleem! En ik weet precies wat dat is, dankzij mijn zeer uitgebreide ervaring met een andere DRAMAQUEEN (ik noem geen namen)...

Victoria Steel is een valse, onbeschofte, egoïstische, verwende DIVA!

Maar het GRIEZELIGSTE is dat ze onze BEGELEIDER wordt op de tournee!! ☹

MIJN VRIENDEN EN IK, OPGESLOTEN DOOR VICTORIA DE GLAMOURBEWAKER!

Dit worden VIER. HEEL. LANGE. WEKEN!!

☹!!

WOENSDAG 16 JULI

Na de hele maandagochtend vergaderen nam Trevor ons mee voor een lunch bij Queasy Cheesy. Maar mijn vriendinnen en ik waren nog GETRAUMATISEERD van het DRAMA met Victoria. We aten bijna geen hap!

OMG! Mijn maag was zo VAN STREEK dat het leek alsof ik elk moment kon gaan overgeven!

Hoewel... eerlijk gezegd raakt mijn maag ELKE keer dat ik bij Queasy Cheesy eet ZO VAN STREEK dat het lijkt alsof ik elk moment kan gaan overgeven!

Ons eerste gesprek van de middag was met onze stylist. Die zou verantwoordelijk zijn voor ons haar, onze kleding en onze make-up op het podium.

'Meisjes, we hebben geluk dat we met deze wereldberoemde stylist en modeontwerper kunnen werken.' Trevor glimlachte. 'Hij is een trendsetter en een van de aardigste en grappigste mensen die ik ken. Je hebt hem vast weleens op tv gezien. Met groot plezier stel ik jullie de stylist van de Bad Boyz voor...

'...BLAINE BLACKWELL!'

OMG! Het was DE BLAINE BLACKWELL!! We waren SUPERBLIJ! Chloë, Zoey en ik zijn echt DOL op die gast, en we zijn SUPERFANS! Hij is

BEROEMD van zijn populaire televisieprogramma

Lelijke Kleding Interventie!

En zijn nieuwe spin-off

Lelijke Voeten Interventie: De Pedicure-Politie!

We hebben Blaine in maart voor het eerst ontmoet, bij een Bad Boyz-concert. Het begon ermee dat we op een of andere manier de backstagekaarten kwijt waren die Trevor ons had gegeven. Dus slopen Chloë, Zoey en ik uiteindelijk STIEKEM naar binnen.

Daar liepen we Blaine tegen het lijf, die er was om de styling te doen van de openingsact, de Dance Diva's.

Maar om een of andere rare reden dacht hij dat WIJ de Dance Diva's waren! Hoe KA-NET-TER is DAT?

Ja, oké! Ik geef toe dat WIJ ook ZEIDEN dat we de Dance Diva's waren. Maar... DAN NOG!

Chloë, Zoey en ik kregen een complete MAKE-OVER! En het was GEWELDIG!!

ONZE FANTASTISCHE MAKE-OVER ALS DE DANCE DIVA'S, DOOR BLAINE BLACKWELL! (MET SUPERSCHATTIGE PRUIKEN OP.)

'Heel leuk om je te leren kennen, Violet!' zei Blaine. 'Wat heb je een mooie, DRAMATISCHE ogen! En Nikki, Chloë en Zoey! Wat heerlijk om jullie weer te zien!' Hij glimlachte. 'Ik kijk er enorm naar uit om met jullie ALLEMAAL te werken op deze Bad Boyz-tournee!'

'OMG! Wij kunnen OOK niet WACHTEN om met jou samen te werken!' gilden mijn BFF's en ik.

'Ja, en ik snap wel WAAROM!' mopperde Blaine, terwijl hij wat beter naar onze gezichten keek. 'Kijk die WENKBRAUWEN dan! Ze zien eruit alsof er twee dikke, extra harige rupsen op jullie voorhoofden zijn gekropen en daar zijn GESTORVEN!'

Ja, het was WAAR! Onze wenkbrauwen waren best borstelig en moesten nodig geëpileerd worden.

'En die slordige GESPLETEN HAARPUNTEN! Meiden, SCHAMEN jullie je niet?' vervolgde Blaine boos. 'Ik kan jullie hoofden zo in een emmer sop duwen en de badkamervloer schrobben met dat haar!'

Ons haar is INDERDAAD een beetje pluizig en

onhandelbaar door het warme, vochtige weer.

'En jullie kledingkeuze is AFGRIJSELIJK!' zei Blaine huiverend. 'WAAR hebben jullie die AFZICHTELIJKE outfits vandaan? Uit de VUILNISBAK achter een GEFLOPTE tweedehandswinkel?'

OEF! Wat hij over onze SUPERschattige outfits zei, was echt HEFTIG! We konden die gast alleen maar aanstaren, totaal SPRAKELOOS!

OMG! Het was ZO'N EER om TOTAAL AFGEKRAAKT te worden door de wereldberoemde modeontwerper en stylist BLAINE BLACKWELL!

We voelden ons net een stel lelijke, modeblinde BEESTEN!! ☹ We vonden het HEERLIJK!! ☺

'Oké, het is Violet vergeven, want voor haar is dit allemaal nieuw. Maar jullie DRIE zijn SCHULDIG aan een heleboel onuitsprekelijke MISDADEN tegen de MODE!' riep Blaine uit. 'Ik beloof dat ik jullie mijn allerbeste MAKE-OVER zal geven! Maar vergeet niet, meiden: ik ben stylist, geen TOVENAAR!'

Daarna liet Blaine ons schetsen zien van de pakjes die hij voor ons voor op het podium heeft ontworpen...

DE SUPERCOOLE OUTFITS DIE BLAINE SPECIAAL VOOR ONS HEEFT ONTWORPEN!

Toen analyseerde hij onze huidtypes en bestelde voor ieder van ons een dure make-upset in op onze huid afgestemde kleuren, plus lipgloss! ☺

We hadden zo'n LOL met Blaine dat we bijna bedroefd waren toen onze sessie met hem voorbij was.

Ten slotte sprak Trevor met al onze ouders. Hij vertelde over ontzettend SAAIE dingen en gaf antwoord op hun nog SAAIERE vragen. Toen ging iedereen naar een chic vergaderzaaltje met een enorme tafel en ondertekenden ze stapels papieren.

Op de terugweg naar huis zeiden mijn ouders dat ze wel een beetje zenuwachtig waren over mijn tournee.

Maar ik maakte me helemaal geen zorgen!! De Bad Boyz is een internationaal bekende band, en de BEVEILIGING tijdens de tournee en bij de concerten is EERSTEKLAS!

Niet dat mijn vriendinnen en ik beveiliging NODIG hebben. Onze begeleider, Victoria Steel, is VALSER en ENGER dan een WAAKHOND!! ☹!!

DE BAD BOYZ ORGANISEREN EEN SURPRISEPARTY VOOR JOU!

Je bent elk jaar maar EEN keer JARIG! Het perfecte excuus om twintig goede vrienden uit te nodigen en superleuke spelletjes te doen, zoals flesje draaien, het dilemmaspel, Doen, durven of de waarheid en Nooit heb ik ooit...! Alleen heb jij nog nooit een groot feest gegeven en heb je geen idee wat een leuk thema zou zijn. Gelukkig heb je de Bad Boyz! Zo krijg je toch een fantastisch feest, zonder alle stress!

Doe de test en ontdek welke Bad Boy JOUW ultieme SURPRISEPARTY perfect regelt! Je komt er ook achter welk thema hij speciaal voor jou uitkiest.

Dankzij jouw speciale Bad Boy zullen je vrienden na jullie eindexamen NOG STEEDS napraten over JOUW feest!

1. Mijn favo muziek is:

A) pop

B) hiphop

C) r&b

D) K-pop/J-pop

2. Mijn favo schoenen zijn:

A) sneakers

B) plateauzolen

C) sandalen

D) teenslippers

3. Op mijn favo pizza zit:

A) vet veel vlees

B) een heleboel van alles

C) kaas

D) ham en ananas

4. Mijn favo fotofilter is er eentje met:

A) dierenoortjes en brillen

B) bloemenkrans

C) hartjesogen

D face swap

5. Mijn favo opblaasbare drijfbeest is een:

A) dolfijn

B) haai

C) flamingo

D) eenhoorn

6. Mijn favo manier om te CHILLAXEN is:

A) een goed boek lezen

B) mijn favo serie bingewatchen

C) in bad gaan met een bruisbal

D) met vrienden hangen

7. Mijn favo ijstopping is:

A) warme toffeesaus

B) slagroom

C) suikerspikkels

D) gummibeertjes

8. Mijn favo tussendoortje is:

A) een koekje

B) nacho's

C) popcorn

D) snoep

Als je vooral A hebt:

VERRASSING! Bad Boy **JOSHUA** heeft een FILMAVOND voor je verjaardag georganiseerd!

Jij bent SLIM, TROUW en BEHULPZAAM, en je vrienden zijn dol op je. Jij hangt ook graag met hen. Of jullie nu een hilarische comedy kijken, een spannende avonturenfilm of een bloedstollende thriller, bij jouw filmavondje wordt non-stop gelachen en GEGIECHELD! Na het cadeautjes zoeken kunnen jij en je vrienden onderuitzakken, relaxen en met de Bad Boyz kletsen terwijl jullie naar je lievelingsfilms kijken. Zorg wel voor genoeg popcorn!

Als je vooral B hebt:

VERRASSING! Bad Boy **VICTOR** heeft een VERKLEEDFEEST voor je verjaardag georganiseerd!

Jij staat bekend als CREATIEF, TRENDY EN EIGENZINNIG. Met een verkleedfeest kun je je bijzondere gevoel voor mode helemaal uitleven! Of je nou als zombie, popster of superheld gaat, het wordt altijd VETTE LOL! Maak het spannend met een potje Doen, durven of de waarheid, geef iemand een prijs voor het origineelste kostuum (ook al verdien jij die zelf). De Bad Boyz en al je vrienden geven je een staande ovatie voor je FANTASTISCHE verkleedfeest!

Als je vooral C hebt:

VERRASSING! Bad Boy **NICOLAS** heeft een PIZZAPARTY voor je verjaardag georganiseerd!

Je vrienden houden van je omdat je GUL, WARM en AARDIG bent.

En omdat je ze PIZZA geeft! De Bad Boyz en al je vrienden zullen GENIETEN van je pizzaparty. Met verse ingrediënten kan iedereen zijn EIGEN dampende pizza met kaas maken. Intussen luisteren jullie naar je favo tunes en spelen jullie flesje draaien! Je kunt zelfs een proefwedstrijd houden om te bepalen wie de lekkerste pizza heeft gemaakt (ook al wint Nick dan, met zijn geheime familierecept). Dan krijgt iedereen een knapperige, smeuïge pizzapunt (of vijf) te eten. Je BESTE verjaardag OOIT!

Als je vooral D hebt:

VERRASSING! Bad Boy **AIDAN** heeft een POOLPARTY voor je verjaardag georganiseerd!

Iedereen gaat graag met je om omdat je GEZELLIG, LEUK en GRAPPIG bent. Geen wonder dat jouw poolparty een SPETTEREND feest wordt! Of je nu zwemt, een heerlijke burger eet, het dilemmaspel speelt of gewoon een beetje ronddobbert in de zon, je hebt de fijnste verjaardag OOIT! De Bad Boyz en al je vriendinnen zullen je GEWELDIGE feest nooit vergeten. Vergeet de DRIJFBEESTEN niet!

DONDERDAG 17 JULI

Morgen gaan we op tournee met de BAD BOYZ en ik ben NOG niet klaar met inpakken! WAAROM NIET?

Ik heb Chloë en Zoey eindelijk verteld dat ik helemaal niets heb gekocht toen ik zaterdag ging shoppen in het winkelcentrum, omdat ik veel te gestrest, bezorgd en gespannen was!

(Natuurlijk liet ik een paar belangrijke details weg. Zoals dat ik GESTREST was door MACKENZIES meedogenloze plan, BEZORGD over Brandon en Vrolijke Viervoeters, en GESPANNEN over onze GEHEIME deal.)

En dus was het een hele verrassing dat mijn BFF's me vandaag letterlijk naar het winkelcentrum SLEURDEN om nog snel even te shoppen voordat die grote uitverkoop afgelopen zou zijn.

Urenlang waren we intensief aan het powershoppen. En toen mijn BFF's klaar waren, had ik negen tassen vol met gloednieuwe, SUPERchique zomerkleren!

NU BEN IK KLAAR VOOR DE TOURNEE!

Chloë en Zoey zijn de BESTE vriendinnen OOIT! ☺

Ik wou alleen dat ze zaterdag met me hadden geshopt.

Hoe meer ik aan die deal met MacKenzie denk, hoe beter ik besef hoe FOUT die is.

Ik laat me door haar MANIPULEREN, waardoor ze haar GEMENE PLANNETJES uit kan voeren en tijdens ONS optreden live auditie kan doen voor de Bad Boyz.

Als Chloë en Zoey daarachter komen, worden ze WOEST op me!

En als Brandon het ontdekt...

OMG! ☹

Omdat het allemaal te maken heeft met hem, zijn grootouders en Vrolijke Viervoeters, zou het me niet verbazen als hij NOOIT meer tegen me ZOU SPREKEN!

En dat zou ik hem niet eens kwalijk nemen!

Ik wilde Brandon helpen en het dierenasiel redden.

Maar misschien moet ik alles aan mijn vrienden vertellen en kunnen zij me helpen de JUISTE keus te maken.

Gelukkig heb ik nog bijna VIER weken om erover na te denken!

Nou, ik ben nu EINDELIJK klaar om te gaan! ☺

MIJN **SUPER**SCHATTIGE KOFFERSET VOOR OP TOURNEE!

JA! Ik weet dat het enorm ironisch is dat mijn ergste vijandinnen, MacKenzie en Tiffany, mij voor mijn verjaardag de FANTASTISCHE koffers hebben gegeven die ik meeneem op deze tour.

Maar morgen vertrek ik voor het grootste en spannendste AVONTUUR van mijn HELE leven!

En ik WEIGER om dat door WIE DAN OOK te laten verpesten!

Zelfs niet door MACKENZIE!

☺!!

VRIJDAG 18 JULI

Dit is de dag waar ik al maanden van DROOM!!

Vandaag beginnen we aan onze tournee in het voorprogramma van de

BAD BOYZ!

IEIEIEIEIEIE!! ☺!! En morgenavond is ons eerste concert! Ik ben zo opgewonden dat ik vannacht bijna niet heb geslapen.

Onze eerste bestemming is Chicago. Een paar dagen geleden hebben we onze vlucht- en route-informatie gekregen. We moesten vandaag om 9.00 uur bij de balie van onze luchtvaartmaatschappij op Victoria Steel wachten.

Het idee haar weer te zien maakte me nerveus. Maar zelfs mijn ANGST voor die slechtgehumeurde IJSKONINGIN kon mijn stemming niet VERPESTEN!

Toen mijn ouders en ik de grote hal van het vliegveld binnenkwamen, zag ik al mijn bandgenoten meteen. Ze hadden zich in de buurt van Victoria verzameld, die druk zat te appen...

MIJN BAND, KLAAR VOOR DE WERELD!

Ik gaf mijn familieleden een knuffel en een kus en beloofde ze te bellen zodra ik in Chicago was geland. Ik moest Brianna vertellen dat de Bad Boyz en Trevor met een privévliegtuig reisden, dus dat ze die niet zou zien. Toen begroetten mijn vrienden en ik elkaar en kletsten we opgewonden over onze tournee.

Victoria was eindelijk klaar met appen en wenkte ons. 'Zo! Zijn jullie klaar voor de Bad Boyz-tournee?' riep ze.

Natuurlijk riepen we allemaal enthousiast: 'JA!!'

'MOOI! We gaan nu inchecken en naar onze gate. Maar eerst heb ik een belangrijke mededeling! Een paar dagen geleden heb ik bij een lunch een intelligente jongedame ontmoet. Toen ik zei dat ik een stagiaire voor de Bad Boyz-tour zocht, was ze zo vriendelijk zich meteen kandidaat te stellen. Ze heeft veel ervaring met social media en een EIGEN fanbase van bijna tienduizend volgers. Ik heb gehoord dat ze gul, aardig, trouw en een van JULLIE BFF's is! Perfect dus! Daar is ze al! Met groot plezier stel ik jullie voor aan mijn nieuwe stagiaire social media...

'...MACKENZIE HOLLISTER!!'

Ik kon mijn OREN en mijn OGEN NIET geloven!

MACKENZIE HOLLISTER?

Onze BFF? We staarden haar allemaal geschokt aan!

Het was... PIJNLIJK om haar te zien! Alsof ik een KLAP in mijn gezicht kreeg. Met een HONKBALKNUPPEL!

'Bedankt, Victoria! Het is een EER om met JOU te werken! Je bent zo'n fantastisch rolmodel voor jonge mensen!' zei MacKenzie slijmerig, met haar hand dramatisch op haar hart. 'Hallo allemaal! Ik ben ZO blij dat ik met jullie, mijn BFF's, ga touren! Ik ben jullie officiële hoofd social media, influencercontactpersoon en vertrouwenspersoon. In Chicago zal ik een vergadering houden om uit te leggen wat ik verwacht en wat jullie moeten doen voor de campagne. Denk erom: deze vergadering is VERPLICHT! Oké, zijn er vragen, problemen of opmerkingen?'

Ik stak mijn hand op. 'Eh... sorry! Maar ik moet ECHT even naar de WC!' mompelde ik, terwijl MacKenzie grijnsde en met haar kraaloogjes rolde.

Ik liep heel rustig naar de dichtstbijzijnde wc's. Daar ging ik het eerste hokje in, deed de deur op slot en...

...KREEG EEN TOTALE INZINKING!!

Ik was compleet OVERSTUUR! Maar ik ging er ten minste wel VOLWASSEN en DISCREET mee om...

IK SCHREEUW HET UIT ZONDER DAT IEMAND HET MERKT!

Nee, je hoeft het NIET te zeggen! Ik WEET dat ik zei: 'Ik WEIGER dit spannende avontuur door iemand te laten verpesten. En zeker niet door MacKenzie!'

OKÉ! Het spijt me heel erg... ik LOOG! We zitten de KOMENDE VIER WEKEN met MacKenzie OPGESCHEEPT! Dus voor mij is deze hele TOUR...

TOTAAL.

HOPELOOS.

ONHERSTELBAAR.

VERPEST!!

VOOR ALTIJD! ☹

Het ENIGE goede aan deze VERSCHRIKKELIJKE toestand is dat het nu ECHT niet nog ERGER kan worden!!

ZELFS niet als we onze BAGAGE kwijtraken en GEDWONGEN worden om VIER WEKEN rond te lopen in dezelfde SMERIGE kleren, sokken en ondergoed, zonder zelfs maar een TANDENBORSTEL te hebben!

ZELFS niet als we midden in het refrein van ons liedje 'IK BEN MOOI EEN MUTS!' op het podium worden geraakt door een METEOOR van twee ton!

Er bestaat ABSOLUUT NIETS ERGERS dan dat MACKENZIE meegaat op deze tourNEE!!

Tegen de tijd dat we in Chicago landden was ik gelukkig weer kalm. Ik was EROVERHEEN dat MacKenzie onze tour in feite had GEKAAPT!

Mijn BFF's hadden me ervan overtuigd dat ik haar moest negeren en beter kon genieten van elke seconde van deze DROOM die uitkwam!

Violet maakte me zelfs aan het lachen met de hysterische grap dat MacKenzie het vast te druk zou krijgen met zichzelf bewonderen in alle spiegels van de hotelkamers om naar buiten te gaan.

En ze hadden gelijk. Ons poepchique luxehotel was precies zoals we het ons hadden voorgesteld, met enorme kroonluchters, gladde marmeren vloeren en een fontein in de lobby!

Natuurlijk maakten we een paar selfies en Brandon maakte foto's voor in ons tourplakboek.

We hadden maar weinig tijd, dus werd onze bagage naar de kamers gebracht en gingen mijn bandleden en ik naar een lunchbespreking met Trevor en Victoria.

MacKenzie vergat gelukkig haar verplichte vergadering en wilde meteen naar haar kamer om op social media te beginnen aan haar BLIKSEMAANVAL op Chicago.

Maar ik hoorde haar aan de telefoon tegen Tiffany zeggen dat ze een relaxed spadagje had gepland en roomservice zou bestellen!

Na de lunch hadden we een stylingsessie met Blaine, een afspraak met onze naaister en, eindelijk, een bandrepetitie – compleet met choreograaf, die ons meteen een paar nieuwe dansjes leerde!

Om 16.00 uur waren we totaal uitgeput en hadden we echt zin om in onze hotelkamer te relaxen. Toen gaf Victoria ons eindelijk de kamerindeling door. Chloë, Zoey en Violet zouden de hele tournee kamergenoten zijn en een hotelsuite delen. En Brandon, Theo en Marcus waren ook de hele tour kamergenoten en deelden ook een suite.

De Bad Boyz hadden natuurlijk een hele vleugel van het hotel voor zich alleen, met beveiliging bij de liften en voor de deur van hun suites om opdringerige fans buiten te houden.

Maar voor MIJ was er GOED nieuws en SLECHT nieuws!

Ik had dus al bedacht dat het GOEDE nieuws was dat deze AFGRIJSELIJKE tourneetoestand echt NIET ERGER kon worden!! Toch? Nou, het SLECHTE nieuws was dat ik het helemaal FOUT had over het GOEDE nieuws!

Ik was GESCHOKT en WANHOPIG toen ik hoorde dat MIJN kamergenoot voor de HELE tournee de LAATSTE persoon op aarde was die ik zou hebben uitgekozen...

MACKENZIE HOLLISTER!! ☹

JA! Ik deel een kamer met MACKENZIE!! Ik ga deze vier weken tournee dus ECHT NIET OVERLEVEN!

Ik liep heel kalm terug door de gang en klopte op de deur van mijn BFF's. En toen ze opendeden...

...BARSTTE IK IN TRANEN UIT!!!

Op dat moment wilde ik alleen nog maar naar HUIS!

☹!

ZATERDAG 19 JULI

Er is gisteren ZOVEEL gebeurd dat ik vast nog DAGEN bezig ben om alles op te schrijven!

Violet lag al te pitten en de jongens waren in een kamer verderop gecrasht. Om onze bandmaatjes niet te storen leek het Chloë en Zoey beter als ik mijn ZENUWINZINKING ergens anders zou hebben. Dus namen we de lift naar de lobby. Ik was net een rustig plekje aan het zoeken om een diep gat te graven, erin te kruipen en te STERVEN, toen we Trevor tegenkwamen!

Natuurlijk deden we alsof er niets aan de hand was en plakten we een nepglimlach op ons gezicht.

'Hallo meiden! Jullie komen precies op het juiste moment!' riep Trevor. 'Willen jullie kennismaken met de Bad Boyz? Ik ga nu naar ze toe!'

Vroeg die man nou net of wij wilden kennismaken...

MET DE BAD BOYZ?

We konden Trevor alleen maar aanstaren, met open mond.

'Dat is een JA, denk ik!' zei Trevor lachend.

OMG! We gingen nu ECHT de Bad Boyz ontmoeten! IEIEIE!! ☺

We namen de lift naar de tweede etage en liepen langs vier beveiligers en zes assistenten van de Bad Boyz naar de deur van een zaaltje. Daar stelde Trevor ons voor aan zijn assistent, Mallory. Zij zei dat de Boyz bezig waren met een tv-interview voor TienerTV, maar als we stil waren, mochten we wel kijken.

SORRY HOOR, maar HOE konden we nou STIL zijn? Bij hun laatste concert zijn er negen meisjes met spoed naar het ziekenhuis afgevoerd. Ze hadden verwondingen aan hun stembanden door het GILLEN!! Ik zei tegen mezelf dat de Bad Boyz ook gewoon mensen zijn! Ze boeren, zweten en kunnen ineens overal puistjes krijgen, net als wij allemaal. TOCH? FOUT!!

Mallory deed de deur van het zaaltje open en Chloë, Zoey en ik raakten bijna VERBLIND door het gouden licht van hun engelachtige GLOED...

OMG! HET WAREN ECHT DE BAD BOYZ!! ☺

Nou, oké! Dat licht kwam misschien uit al die felle lampen voor de tv-camera's!

MAAR DAN NOG!

Mallory liet ons zien waar we konden gaan staan, ergens achterin. Zelfs nu we tussen al die camera's en lampen door moesten gluren, konden we duidelijk zien dat de Boyz GEEN gewone jongens zijn!

Ze zaten voor een enorme afbeelding van hun nieuwste albumcover. En ze staarden alle vier strak naar Jade Santana van TienerTV, alsof er niemand anders op de wereld bestond dan zij.

Behalve Victor dan, die een zonnebril ophad! Het viel moeilijk te zeggen waar hij naar keek.

Maar het VOELDE alsof hij RECHT in het DIEPST VAN MIJN ZIEL KEEK!! IEIEIE! ☺

'OMG! In het echt zijn ze NOG leuker!' piepte Chloë. Zoey en ik slaakten een enorme zucht.

Mallory keek ons streng aan om ons stil te krijgen.

Maar Chloë had gelijk! OMG! Die jongens hebben perfecte ogen, perfect haar, perfecte tanden, een perfecte huid, perfecte kleren, perfecte... ALLES!

'Nou, vertel eens,' zei Jade. 'Jullie zijn alle vier sterke persoonlijkheden. Hoe komt het dat jullie zo'n goed team zijn?'

Ze lachten allemaal, en ik ZWEER je dat zelfs hun gelach perfect harmonieus was!!

'Het zit zo, Jade,' zei Joshua. 'Als je zo vaak samen bent, word je vanzelf één grote, gelukkige FAMILIE!'

'En je weet hoe IRRITANT familie kan zijn!' zei Aidan met een glimlach. Hij gaf Joshua een stomp en legde toen zijn arm om de schouder van zijn bandmaatje.

Aidan maakt ALTIJD grappen – dat weet iedere Bad Boyz-superfan!!

'We hebben allemaal onze sterke kanten,' zei Nicolas.

Zoey greep mijn arm en probeerde NIET flauw te vallen. 'We hebben gewoon geluk dat die net zo goed bij elkaar passen als onze STEMMEN!'

Zoey is echt ZO'N NickChick! Zelfs als hij gewoon praat klinkt hij warm en zacht, als een zwembad vol gesmolten chocola! En Zoey zou er zo induiken!

'En jij dan, Vic?' vroeg Jade. Ze keek naar de laatste van de rij, de *baddest* van de Boyz. 'Hoe vind jij het om met deze gasten muziek te maken?'

We wisten wat er nu zou gebeuren! We hadden het al een miljoen keer gezien, maar nog nooit live.

Chloë en Zoey en ik grepen elkaar vast en zetten ons schrap.

Victor ging rechtop zitten, deed zijn zonnebril af en keek recht in de camera. 'Wat zal ik zeggen, Jade! Ik ben lid van de Bad Boyz. *BAD ZIJN VOELT ZO GOED!*'

En toen FLIPTEN Chloë, Zoey en ik TOTAAL!

IEIEIEIEIE!! ☺

'Het staat erop!' riep een producent met een headset.

Meteen gingen de felle lampen uit en begon de cameraploeg de apparatuur in te pakken.

Jade trok haar microfoontje van haar kleren en zwaaide naar de Bad Boyz. 'Geweldig interview! Ik moet mijn vliegtuig halen. Zie jullie volgende maand bij de TienerTV Awards!'

Al snel was er niemand meer in het zaaltje, behalve de Bad Boyz en Mallory, die in de hoek haar telefoon zat te checken. En, natuurlijk, WIJ!!

'Moeten we ons nu voorstellen?' fluisterde Zoey.

We wisten allemaal dat het NU of NOOIT was! Want vanwege hun SUPERstrenge beveiliging en al dat personeel zouden we ze anders alleen zien als we ze toevallig backstage tegenkwamen. En dan zouden we de komende vier weken steeds alleen maar even snel hallo zeggen en zwaaien.

Maar nu hadden we ALLE Boyz voor ONSZELF, voor wie weet hoelang! ☺

Mallory was op dat moment druk bezig. Ze zat aan de telefoon met iemand te overleggen over allerlei dingen die geregeld moesten worden voor de tournee.

Wij konden die gasten nu echt leren kennen als individuen, niet als popsterren.

Ze lijken ECHT SUPERaardig!

Hé, misschien zouden ze ons zelfs vragen of we met ze wilden eten of hangen!

Dan konden we VRIENDEN voor het LEVEN worden!

'WE GAAN ERVOOR!' zei ik opgewonden.

☺!

ZONDAG 20 JULI

Chloë, Zoey en ik deden nog snel een groepsknuffel. Dat brengt geluk!

Maar voor we een stap naar de Boyz toe konden zetten, stond Joshua op en keek Victor kwaad aan.

'Ik zweer het, gast! Ik TREK die GOEDKOPE uitspraak van jou niet meer! "BAD ZIJN VOELT ZO GOED!" Ik KOTSTE zowat mijn broodje pindakaas en jam van de lunch uit!'

Victor spreidde zijn armen. 'Hé man! HAAT me niet omdat je JALOERS bent op mijn SWAG, meneer de slimmerik!'

'Gast! HOE krijg je zo'n leugen uit je bek, Josh?' snoof Aidan, en toen zei hij met een zoet stemmetje: 'We zijn één grote, GELUKKIGE familie! En ik ben zo SCHATTIG en PERFECT dat ik glitter schijt!'

'Wat had ik dan moeten zeggen? De WAARHEID?' zei Joshua. 'Dat Aidan zo KINDERACHTIG is dat we een BABYSITTER moeten inhuren, zodat hij niet in zijn broek poept en geen STOMME PRANKS uithaalt, zoals onze hotelkamers PLEEPAPIEREN en tandpasta in onze schoenen doen?'

'De WAARHEID is dat Nick zo GEK is op zichzelf, dat hij zijn spiegelbeeld een NACHTKUS geeft. En hij SNURKT zo hard dat we sinds het begin van de tour niet meer hebben GESLAPEN!' zei Victor woedend.

Nicolas lachte sarcastisch. 'Echt? Wil je de WAARHEID horen? Nou, die STOERE VIC is een poetsfreak met smetvrees, die bang is voor pluizige eekhoorntjes!'

Chloë, Zoey en ik staarden ongelovig naar de jongens, terwijl ze elkaar stonden te beledigen.

'Nou, dit is MIJN waarheid!' gromde Joshua. 'Ik had nu op Harvard kunnen zitten, in plaats van mijn tijd hier te verspillen aan drie ZOGENAAMDE muzikanten met het gezamenlijk IQ van een bakje muesli!'

'Hé, IK kan er niets aan doen dat jullie het gevoel voor

humor hebben van een stel bejaardenhuisbewoners!' zei Aidan schouderophalend.

'Luister, bro's! Jullie moeten echt stoppen met die LEUGENS over mij!' riep Nicolas uit.

Ik begreep wel dat dat over die spiegel hem dwarszat. Ik bedoel, wie is er nou ZO ijdel?

'Ja, ik SNURK!' gaf Nicolas met rode wangen toe. 'Maar kom op! ZO hard nou ook weer niet!'

Maar het SPIEGELverhaal dan? Mijn BFF's en ik hadden precies dezelfde vraag: is dat waar?

Victor sloeg zijn armen afwerend over elkaar. 'Ik ben NIET bang voor EEKHOORNS! Maar als ik te dichtbij kom, maak ik me zorgen dat er eentje langs mijn been klimt en verstrikt raakt in mijn haar! Wilde dieren kunnen ZO gevaarlijk zijn! Met hun... ZIEKTEKIEMEN!'

Ineens begonnen de jongens tegen elkaar te schreeuwen als een stel verwende kinderen in de pauze! IEKS!! ☹

Gelukkig ging de deur open en kwam Trevor binnen. Ik wist zeker dat hij geschokt zou zijn door hun gedrag! 'Oké jongens, luister!' zei hij, alsof er niet elk moment een vechtpartij kon uitbreken...

Maar even later zuchtte Trevor gefrustreerd en stapte tussen de kibbelende Boyz in om ze uit elkaar te halen...

BLIJKBAAR KUNNEN DE BAD BOYZ ELKAAR NIET UITSTAAN!

'Jullie moeten de setlist voor de rest van de tour nog maken. En we moeten de special effects voorbereiden,' ging Trevor verder.

'Laten we het gewoon houden zoals het bij de laatste negen concerten was,' zei Joshua. 'Maar dan met "Speel niet met mij" als slotnummer.'

'Joshua, WAAROM moet het ALTIJD een nummer zijn dat JIJ hebt geschreven? Wat dacht je van iets ORIGINELERS?' zei Nicolas. 'Waarom eindigen we niet met "Spook door mijn dromen"?'

'Omdat WIJ niet willen afsluiten met een SAAIE, door jou gezongen ballad waarbij onze fans in SLAAP vallen!' zei Aidan kribbig. 'Er zit geen energie in. "Later, hater!" moet natuurlijk het slotnummer zijn!'

'Gast!' riep Victor uit. 'Jij wil alleen maar eindigen met een DANSnummer om de SHOW te stelen met je fan-tás-tische moves! ALWEER!'

Trevor zuchtte. 'Als jullie fans dit ooit zouden zien, was jullie carrière VOORBIJ!!'

En toen kuchte Mallory en knikte in onze richting. 'Trouwens, Trevor, de meisjes van de openingsact zijn hier.'

Trevor keek van ons naar de kibbelende jongens. 'Ah, oké!' Hij glimlachte zenuwachtig. 'Dan is het tijd om jullie voor te stellen!'

Nu kwam het!

We gingen eindelijk kennismaken met de BAD BOYZ!

De DROOM van ieder meisje!

Maar na alles wat we gezien hadden, was ik HEEL erg bang dat die droom zou veranderen in een...

NACHTMERRIE!!

☹!!

MAANDAG 21 JULI

We gingen EINDELIJK kennismaken met de Bad Boyz!! Ik KNEEP in mijn arm om te checken of ik niet DROOMDE... AU!! ☹ JA, ik was WAKKER!! ☺

Trevor wenkte ons naar voren. 'Jongens, ik wil jullie voorstellen aan een paar leden van jullie nieuwe openingsact, Eigenlijk Weet Ik Het Nog Niet!'

De jongens draaiden zich om en staarden ons aan. Hun boze blikken en vijandigheid veranderden in verrassing en nieuwsgierigheid. De stemming sloeg METEEN om! Ineens glimlachten ze, vriendelijk en relaxed.

'Hoezo weet je het nog niet, Trevor? Gast, dat is echt IJSKOUD!' zei Aidan voor de grap. 'Ze lijken mij een GEWELDIGE openingsact!'

'Aidan is GESTOORD! Let maar niet op hem,' zei Joshua lachend. 'We weten dat jullie band zo HEET. Cool en heel apart! Ik vind het leuk! En hoe heet JIJ?'

Ik VERSTIJFDE! Joshua keek MIJ aan! Met een glimlach!

JOSHUA GLIMLACHT NAAR MIJ!! IEIE! ☺

Zoey gaf me een por, maar ik was totaal verlamd. Dus toen grijnsde ze en stapte ze zelf naar voren.

'Hoi, ik ben CHLOË!' riep ze uit. 'NEE! Ik bedoel: ik ben ZOEY! ZIJ is Chloë. Die daar. Niet zij. Dat is NIKKI! Sorry, ik ben een beetje in de war. Maar ik ken wel alle pasjes van "Ik ben vet goed *bad*".'

Zoey ging stuk van de zenuwen! Ze stond daar maar te grijnzen en te staren. Ze knipperde niet eens met haar ogen! Ze leek wel een enge, gemene CLOWN.

'Oké, Zoey, kom maar op dan!' zei Aidan, en hij deed een move en nam een coole pose aan...

AIDAN VRAAGT OF ZOEY WIL DANSEN! IEIEIE! ☺

Aidan pakte Zoeys hand en draaide haar met haar gezicht naar hem toe. 'De eerste dansbreak. Vijf, zes, zeven, acht!'

Zoey en Aidan dansten samen als twee pro's! Toen begonnen Nicolas en Joshua het nummer te zingen, terwijl Vic erbij beatboxte. Het was BIZAR!

Iedereen klapte toen ze klaar waren.

'Supersoepele moves, Zoey!' zei Aidan met een glimlach. 'Hadden we nog maar een serieuze danser in de groep. Hé, je weet toch dat we een nieuw bandlid zoeken?'

Zoey staarde Aidan alleen maar aan en bloosde.

'Dit is CHLOË!' zei ik. Ik schoof haar naar voren. 'Ze is hopeloos romantisch en is gek op jouw ballads!' Chloë struikelde over een stoel en viel recht in Nicks armen.

Ik maak ZO geen grapje! Het was een scène die zo uit een van haar favoriete tienerboeken kon komen.

'O, SORRY!' zei ze ademloos. Ze schaamde zich kapot.

'Hé! Geen sorry zeggen! Je inspireert me juist tot een nieuw nummer, "Chloë duikt in mijn hart",' zei Nicolas, en hij vormde een hartje met zijn handen.

NICOLAS FLIRT MET CHLOË! IEIE! ☺

'Ik zou ZO graag een nieuw bandlid hebben dat me kan helpen om ballads te schrijven!' Hij glimlachte.

OMG! Chloë veranderde letterlijk in een levende, wandelende EMOJI MET HARTJESOGEN!! Ik dacht dat ze om zou vallen, plat op haar gezicht.

'En JIJ dan?' vroeg Vic. Hij draaide zich om naar mij. 'Ik heb JOUW naam niet gehoord...'

VICTOR VRAAGT HOE IK HEET? IEIE! ☺

Ik staarde hem alleen maar aan, sprakeloos. 'Ik ben...' Ik verstijfde. ALWEER! Wat HAD ik toch? Hij vroeg hoe ik heette! Dat was een makkelijke vraag! Ik WEET mijn eigen naam!

'Ik ben...' Nu staarde iedereen naar mij!

Oké, ik geef toe dat ik mijn naam NIET meer wist! Maar... DAN NOG! Ik moest toch IETS zeggen!!

'IK BEN... zangeres en tekstschrijver!' flapte ik eruit.

'Iemand die zingt kunnen we altijd wel gebruiken!' Joshua knikte enthousiast.

'En je schrijft ook nog! We hebben echt iemand nodig die ons met de songteksten en raps kan helpen!' vulde Vic aan.

'Dus jullie zijn alle drie SUPERgetalenteerd! Gaan jullie auditie doen als nieuw bandlid?' vroeg Aidan.

Chloë, Zoey en ik staarden elkaar alleen maar aan en haalden onze schouders op.

'Eigenlijk weten we het nog niet!' mompelden we zenuwachtig.

Toen begonnen de Boyz te lachen en elkaar high fives te geven!

Het duurde even voor we doorhadden dat we per ongeluk de NAAM van onze BAND hadden gezegd! LEKKER DAN! ☹ Maar zij dachten dat we het expres zeiden, om bijdehand en cool te doen.

'Ja! We WETEN wie jullie zijn!' zei Joshua grinnikend.

'Misschien kunnen wij beter auditie doen voor JULLIE band!' zei Aidan plagend.

'Girls run the world, toch?' Nicolas glimlachte.

'Jullie zijn echt HEFTIG!' riep Victor uit.

'Luister, jongens!' zei Trevor. Hij keek op zijn horloge. 'Het is bijna tijd voor de soundcheck voor het concert van vanavond. De Dance Diva's staan vanavond voor de laatste keer in jullie voorprogramma.'

En toen zag ik de jongens met elkaar fluisteren.

'Waarom komen jullie vanavond niet backstage bij ons concert?' vroegen ze opgewonden.

Chloë, Zoey en ik waren te geschokt om antwoord te geven...

DE BOYZ NODIGEN ONS UIT VOOR HUN CONCERT!

'Dat is echt een goed idee!' zei Trevor. 'Het is goed voor jullie zelfvertrouwen als jullie de show al kennen! Mallory, regel jij alsjeblieft vervoer en backstagekaarten voor de meiden en hun bandgenoten voor het concert van vanavond!'

WONDERLIJK genoeg leken de Boyz ons LEUK te vinden! Ze zeiden dat ze blij waren dat wij mee op tournee gingen, en dat ze zich erop verheugden om ons later die avond nog te zien.

Toen liepen ze naar buiten, terwijl ze praatten en lachten en grappen maakten alsof ze beste vrienden waren.

En ineens wist ik mijn naam weer! Ik rende de gang op en vlak voordat de deur naar de trap dichtging, riep ik keihard...

'Trouwens...

IK HEET NIKKI!'

Nicolas bleef abrupt stilstaan en draaide zich om.

Toen glimlachte hij en staarde recht in mijn ogen. En hij sprak drie BIJZONDERE woorden uit, die ik de rest van mijn LEVEN zal onthouden!!

HIJ VINDT MIJN NAAM LEUK! IEIE!! ☺

'Dit mag je tegen niemand zeggen, Nikki!' fluisterde hij. 'Maar ik heette net zoals jij voor ik bij de Bad Boyz kwam. Alleen vonden ze mijn naam niet *BAD* genoeg. Dus nu heet ik Nick of Nicolas. Maar thuis noemt iedereen me Nicky. Leuke ketting, trouwens.'

'Bedankt, Nicolas... Ik bedoel, Nicky!' Ik glimlachte. 'Die heb ik voor mijn verjaardag gekregen. Vorige maand heb ik een GIGANTISCHE poolparty gegeven, voor al mijn vrienden en familie.'

'Heb je foto's?' vroeg hij. 'Die wil ik best wel zien!'

'Natuurlijk! Een heleboel!' Ik pakte mijn telefoon en we scrolden door de foto's van mijn feest.

'WAUW! Dat ziet er leuk uit! Ik wou dat ik op MIJN verjaardag zo met mensen kon hangen!' zuchtte hij.

'Waarom kan dat niet? Popsterren geven toch grote feesten voor hun tweehonderd beste beroemde vrienden in luxe clubs met rijen paparazzi voor de deur?' zei ik plagend. 'Dat zie ik altijd in de bladen!'

'Je verjaardag vieren is moeilijk als je op reis bent,' zei Nick. 'Meestal ben je zo moe dat je er niet eens aan denkt, totdat Trevor je een oudbakken muffin geeft met een kaarsje erop! En dan zingt hij "Happy birthday". Supervals. Ik bedoel, kijk die foto's dan! Ik zou er alles voor overhebben om mijn volgende verjaardag te vieren met mijn familie en echte vrienden!'

'Nou, waarom maak je daar dan geen doel van voor je VOLGENDE verjaardag? Als cadeautje aan jezelf?'

'WAT? Mijn VOLGENDE verjaardag?' vroeg hij, een beetje verbaasd. 'Ik heb er eigenlijk nooit aan gedacht om zoiets te doen! Echt heel COOL!'

'Nou, je moet het wel goed plannen! En je moet natuurlijk met Trevor praten en het inpassen in jullie tourschema. Maar je zou het absoluut moeten doen, als het belangrijk voor je is en je er gelukkig van wordt!'

'Ik ga je advies absoluut opvolgen!' Nicolas glimlachte. 'Ik zie je vanavond, Nikki!'

'Oké! Ik zie JOU vanavond, Nicky!' giechelde ik.

Toen slenterde ik terug naar het zaaltje, met een domme grijns op mijn gezicht geplakt.

'Oké, meiden! We zien jullie over twee uur in de lobby,' zei Trevor toen hij en Mallory langs me heen liepen naar de deur. 'Jullie weten je kamers wel te vinden, toch?'

Maar hij was al weg voor we antwoord konden geven.

'OMG! Niet te geloven dat we de BAD BOYZ hebben ontmoet! En dat ze ons BACKSTAGE vroegen!' zei Zoey zwijmelend, terwijl ze in elkaar zakte op een stoel.

'Niet te geloven hoe GEWELDIG ze waren!' Ik zuchtte en legde mijn handen op mijn onrustig kloppende hart.

'Niet te geloven dat ze ons ALLE DRIE vroegen om AUDITIE voor hun band te doen!' piepte Chloë, terwijl ze zichzelf met beide handen koelte toewuifde.

Het was allemaal echt...

ONGELOFELIJK!

Toen we eindelijk gekalmeerd waren, tikte Zoey diep in gedachten tegen haar kin. 'Maar serieus, wat was dat met de Boyz voordat Trevor ons voorstelde?'

'Ja, dat was echt NIET best!' zei Chloë. 'Zouden ze de hele tijd zo ruziemaken?'

'Ik denk het niet,' zei ik, om ze het voordeel van de twijfel te geven. 'Dan hadden ze NOOIT al die hits kunnen scoren en samen kunnen touren. Ik denk echt dat ze dan al uit elkaar zouden zijn!'

'Ja.' Zoey knikte. 'Broers en zussen kunnen ook niet altijd even goed met elkaar opschieten. Dat is heel gewoon. Die ARME jongens zijn waarschijnlijk uitgeput en gestrest van maandenlang op tournee zijn.'

'Klinkt logisch!' zei Chloë. 'En trouwens, IEDEREEN gedraagt zich weleens BAD!'

Terwijl we in de lift stonden op weg naar onze kamers, vroeg een heel klein deel van mij zich af welke invloed roem en succes op ONZE vriendschap zouden hebben.

Ik zou het HATEN om zo'n ruzie te hebben met Chloë en Zoey! Maar ik zette die gedachte snel van me af. Ik had ECHTE problemen om over na te denken.

Ik zat de rest van de tournee OPGESCHEEPT met MacKenzie als KAMERGENOOT! ☹

En ik had enorm veel spijt van die stomme DEAL die ik met haar had gesloten! ☹

Maar ik had ook geen tijd om daarover in de stress te schieten.

Over nog geen TWEE uur gingen mijn BFF's
en ik backstage bij een concert van een van de BEROEMDSTE boybands ter wereld!

IEIEIEIE!!

☺!

DINSDAG 22 JULI

OMG!! Ik had maanden van dit moment gedroomd. En nu ging het EINDELIJK gebeuren.

Het was vrijdagavond en ik zou voor het eerst een LIVECONCERT van de BAD BOYZ bijwonen!

'Het zal wel een HEFTIGE avond worden! Maar blijf gewoon kalm!' waarschuwde Trevor ons in de limo (JA! In de LIMO!!!)

Ik wist niet wat hij bedoelde, tot hij ons via een lange, kronkelige gang onder het podium door leidde en we een trap opgingen.

En toen waren we er! BACKSTAGE, in de coulissen!

Chloë, Zoey en ik bekeken de show vanuit de coulissen aan de linkerkant, en Brandon, Marcus, Theo en Violet stonden aan de andere kant van het podium.

De Dance Diva's waren bezig aan hun laatste show voor ze hun eigen tournee door Europa gingen maken.

Op het podium leek alles helemaal onder controle terwijl ze zongen en dansten op hun grootste hit: 'Ik ben zo over je heen!'

Maar backstage was het een GIGANTISCHE DRUKTE!

Het leek wel of er een miljoen mensen rondrenden die aan touwen trokken, apparatuur verplaatsten, sets opbouwden en knoppen indrukten. Bij elke toegang naar het podium stond een stel brede bewakers.

Trevor stelde ons voor aan Sophia, de stage manager. Ze was helemaal in het zwart gekleed, stond op een soort podium en schreeuwde opdrachten in een headset.

Het publiek juichte toen de Dance Diva's klaar waren met hun laatste nummer en een buiging maakten.

Zoey was met haar vader al eerder bij megaconcerten backstage geweest, dus zij was lang niet zo onder de indruk als ik.

Maar plotseling gilde ze en greep ze mijn arm vast.

De Bad Boyz waren gearriveerd!! IEIE!!! ☺

Het concert ging beginnen! Ze gaven ons een vette glimlach en een high five terwijl ze snel voorbijliepen...

HIGH FIVES VOOR DE BAD BOYZ
VOOR ZE OPGAAN!

Ik dacht dat het publiek daarvoor al extreem veel geluid had gemaakt, maar nu was ik bang dat het hele stadion zou instorten. Dertigduizend fans werden HELEMAAL GEK!!

Ze stonden te schreeuwen en met zelfgemaakte bordjes met liefdesverklaringen erop te zwaaien, terwijl de Bad Boyz het concert openden met hun megahit: 'Bad, Badder, Baddest.'

Ik was bezorgd geweest dat ik het backstage niet zo goed zou kunnen zien. Maar dat had ik MIS!!

We waren ZO DICHTBIJ! We konden ELK PASJE zien, en ook hoe perfect synchroon de jongens dansten!

Na het nummer werd het geschreeuw nog harder!!

'Hé Chicago!' riep Joshua. 'Hoe is het?'

Op de voorste rij zakten drie meisjes in elkaar.

'Code FFF! Drie neer!' riep de stage manager. 'Ik herhaal: code FFF! Drie neer!'

Zoey zei dat 'Code FFF' betekent: 'Flippende Fan Flauwgevallen!'

Er renden meteen beveiligers naartoe en de EHBO'ers haalden drie brancards tevoorschijn.

'Ik ben ZO blij dat ik in jullie mooie stad ben en jullie mooie gezichten zie!' ging Joshua door, boven het geschreeuw uit. 'En als klap op de vuurpijl ben ik hier met mijn bro's!'

En toen namen de jongens precies dezelfde pose aan als op de hoes van hun nieuwste album, met Vic vooraan en de anderen eromheen met hun armen om elkaar.

Het was een **FAN-DEMONIUM!!**

Daarna begonnen ze aan een reeks van hun grootste hits, de een na de ander. Eerst 'Ik geef alles (als jij mijn hart maar breekt)'.

Toen: 'Speel niet met me'. Toen: 'You 4 Me'.

En alle nummers klonken LIVE nog beter!

Toen werden het licht helemaal blauw en sfeervol, en begonnen machines mist het podium op te pompen. Nicolas kwam naar voren.

'Hé meid! Ik HOU van jou! Vanavond wil ik een paar nummers alleen voor JOU zingen! Is dat oké?' riep hij, terwijl mijn trommelvliezen bijna knapten van het doordringende gekrijs...

NICK MAAKT DE MEIDEN GEK!

'Code FFF! Negen neer! Ik herhaal: code FFF! Negen neer!' riep de stage manager in haar headset.

OMG!

De NickChicks vielen om als

DOLVERLIEFDE DOMINOSTENEN!

Toen Nicolas drie liefdesliedjes had gezongen, kwam Vic naar voren voor een paar nummers met veel rap. Daarna kwamen er nog meer grote hits voorbij, met Joshua als zanger in het midden. Aidan verbijsterde het publiek met zijn danssolo's.

En WIJ stonden er middenin!! ☺

Het hele optreden duurde anderhalf uur, wat heel LANG is om non-stop te zingen en te dansen!

'Dit is zo GEWELDIG!' riep Chloë. 'Niet te geloven dat WIJ morgenavond op dat podium staan!'

NEE! Ik kon het NIET geloven!

De rest van het optreden ging voorbij in een waas van doorgedraaide, krijsende fans (onder wie mijn BFF's en ik!) en een wervelwind van actie backstage.

Dat concert was pure Bad Boyz-

GEWELDIGHEID,

van het allereerste nummer tot de afsluiter!

Het slotnummer was mijn favoriet... 'Later, hater!'

Het heeft dezelfde vibe als ons liedje 'Ik ben mooi een muts!'

Na het concert stelde ik Violet, Brandon, Theo en Marcus voor aan de Bad Boyz.

Ze waren allemaal SUPERaardig en konden het goed met elkaar vinden. Alle jongens lachten en maakten grappen alsof ze elkaar al jaren kenden.

Trevor zei dat de limo's klaarstonden om ons naar

het hotel te brengen, dus gingen we allemaal samen naar buiten.

Maar bij een waterfonteintje bleven Victor en ik even staan om iets te drinken, terwijl de anderen alvast doorliepen.

Toen we wat gedronken hadden, haalde Victor een flesje desinfecterende handgel met citroengeur uit zijn zak en wreef zijn handen schoon. Uit zijn andere zak haalde hij een puffer en hij nam twee pufjes.

'Die podia en apparatuur zijn heel stoffig en helaas ben ik allergisch,' zei hij. 'Maar ik probeer er niet te moeilijk over te doen, anders gaan de jongens me pesten. Net als met die EEKHOORNS!' Hij grijnsde.

Victor was de langste en de meest gespierde, en als rapper had hij natuurlijk de reputatie van foute gast. Maar als hij niet met zijn bandmaten dolde voor de camera, leek hij eigenlijk een beetje verlegen.

Ineens begreep ik waarom hij altijd die zonnebril droeg... om zijn gevoelige kant te verbergen!

'Maak je niet druk! Iedereen krijgt wel ERGENS de rillingen van! Zelf ben ik bang voor spinnen en gemene meiden met dikke lagen lipgloss op!' zei ik als grapje. 'Maar heb je veel met eekhoorns te maken gehad?'

'Nee, helemaal niet. Maar toen ik klein was heb ik een horrorfilm gezien: *Eekhoorns in het vliegtuig!*' zei hij.

'Vic, je weet toch WEL dat IEDEREEN die *Eekhoorns in het vliegtuig* heeft gezien nu bang is voor eekhoorns?'

We begonnen allebei te grijnzen, toen te grinniken en ten slotte brulden we het uit van het lachen, tot we pijn in onze zij hadden.

'Ik heb gehoord dat ze niet zo gevaarlijk zijn, zolang ze maar niet met hun TIENEN zijn! In een vliegtuig! Je zou er serieus eens EENTJE moeten voeren, in het park! En het dan verder uitbouwen.' Ik glimlachte. 'Maar pas op voor STOFmuizen! Die mormels kunnen dodelijk zijn!'

Victor knikte en glimlachte me breed toe...

VICTOR HEEFT EEN GEWELDIGE GLIMLACH! ☺

'Ik mag die APARTE humor van jou wel, Nikki! Ik zal je raad opvolgen!' zei hij lachend toen we weer bij de anderen waren. Nu ik de Bad Boyz op het podium had gezien en Victor had gesproken, wist ik ZEKER dat hun rare gedrag van eerder een uitzondering was geweest!

Die gasten GAVEN duidelijk om elkaar en waren ECHTE VRIENDEN!

☺!

WOENSDAG 23 JULI

Mijn bandmaatjes en ik gingen terug naar ons hotel. We bestelden een pizza en praatten nog een heel UUR enthousiast na over het concert!

Het was SUPERlaat toen we eindelijk naar bed gingen.

En we WAREN al kapot van onze vlucht naar Chicago, de stylingsessie, kleding passen, soundchecken EN het concert.

De wekker van mijn mobiel ging zaterdagochtend om 5.30 uur af! Het was alsof ik helemaal niet had geslapen.

Ik geeuwde en opende een mail van Trevor met als onderwerp 'Schema van vandaag', die een uur eerder was binnengekomen, dus om 4.30 uur.

WAUW! We hadden een OPWINDENDE dag voor de boeg, die nog HECTISCHER was dan vrijdag! De dag was van minuut tot minuut volgepland, tot 22.00 uur!

We hadden een ontbijtafspraak, de laatste passessie,

haar en make-up, een fotosessie van twee uur met een professionele fotograaf, lunch, dansrepetitie, bandrepetitie, soundcheck in het stadion, eten, dan WEER kleding, haar en make-up, en dan eindelijk... ONS OPTREDEN! ☺

FIEUW!! Als ik het alleen maar las, wilde ik weer onder de dekens kruipen en gaan slapen.

Maar omdat we om 6.15 uur een ontbijtafspraak met Trevor hadden, sleepte ik mezelf uit bed.

In het andere bed lag MacKenzie nog te slapen, in een roze satijnen pyjama met bijpassend slaapmasker.

Ze had als stagiaire social media eersterangskaartjes voor alle concerten gekregen. Maar vrijdagavond had ze een enorme DRIFTBUI gekregen toen ze hoorde dat ze niet backstage mocht komen en geen kans had om de Bad Boyz te ONTMOETEN!!

OMG! Ik had ZO'N medelijden met MacKenzie! ☹

Ik LOOG! Ik had GEEN MEDELIJDEN! ☺ Totaal niet!

Ze heeft zelfs vette ruzie gekregen met de beveiligers bij de artiesteningang en werd bijna gearresteerd!

MACKENZIE KRIJGT EEN DRIFTBUI!

Die gasten waren keihard! Ze waren totaal niet

onder de indruk van haar ZOGENAAMDE titel en lieten haar niet backstage!

Toen ik me had aangekleed, keek ik stiekem op MacKenzies handgeschreven schema, op het bureau.

Ze was van plan om om 9.30 uur op te staan, om 10.30 uur met Victoria te brunchen, om 11.30 uur een manicure en pedicure te nemen, van 13.00 tot 17.00 uur te WINKELEN, en dan te eten en naar het concert te gaan!

Dus WANNEER wilde ze haar WERK als stagiaire social media doen en onze band promoten? Tijdens haar PLASPAUZES?

Mijn bandgenoten wilden zo lang mogelijk slapen, dus hadden we vlak voor de ontbijtvergadering bij de eetzaal afgesproken.

Ik stapte de lift uit en keek de lobby rond.

Toen zag ik een jongen vlakbij zitten. Hij zat te lezen in *Skater Life Magazine*...

HET WAS AIDAN!

Twee van zijn bodyguards stonden aan de andere kant van de lobby koffie in te schenken.

'Hé Nikki! Hoe is het?' vroeg Aidan met een glimlach.

'Het is zes uur 's ochtends! Is dat niet een beetje vroeg voor een skateboardtijdschrift?' zei ik plagerig.

'We hebben zo een tv-interview bij *Goedemorgen Chicago*, en de jongens zijn te LAAT, zoals gewoonlijk. Ik zweer je, soms is het alsof ik op tournee ben met drie hersenloze, totaal uitgeputte... LUIAARDS! Ik zou er alles voor overhebben om weer in een skatepark te hangen! Ik mis het echt om tijd te hebben voor wat ik graag doe!' zei Aidan een beetje verdrietig.

Ik vond het sneu voor hem. 'Nou, je kunt er misschien best een slaatje uit slaan!'

'Ik eet geen slaatjes. Ik kan niet optreden met groen tussen mijn tanden,' mopperde hij, terwijl hij een bladzij omsloeg.

'Nee, Aidan! Ik bedoel: je reist toch de hele wereld rond? Waarom ga je niet in ELKE stad naar het BESTE skatepark? Desnoods een uurtje. Dan krijg je wat beweging en kun je je negatieve energie kwijt!'

Aidan knipperde met zijn ogen en staarde me toen aan.

'Daar heb ik nooit aan gedacht! De beste skateparken over de hele wereld? Gast, dat is de DROOM van iedere skateboarder!'

Een van de bodyguards onderbrak ons. Hij zei dat de limo er was en dat de jongens in de lift naar beneden stonden.

'Bedankt voor dat geweldige advies, Nikki!' zei Aidan. Toen fluisterde hij: 'Ik moet als eerste bij de auto zijn om pindakaas op de stoelen te smeren! Dan lijkt het straks net alsof ze in hun broek hebben gepoept, op tv! Het wordt mijn BESTE prank tot nu toe!'

Toen deed hij zijn tas open, propte het skateboardtijdschrift erin naast een pot pindakaas en liep met zijn beveiliging de lobby uit. Aidan was een hopeloze PRANK-AHOLIC! Ik kreeg een beetje medelijden met zijn bandgenoten.

Na onze ontbijtafspraak met Trevor hadden we het zo DRUK dat ons HOOFD ervan TOLDE! De Bad Boyz gaven die avond een tweede concert in Chicago. En WIJ waren de OPENINGSACT!!

Iedereen was ongewoon stil in de limousine op weg naar ons concert. We gingen straks optreden voor een opgewonden publiek van dertigduizend mensen! ☺ En we gingen STUK VAN DE ZENUWEN! ☺

WE ZIJN TOTAAL GESTREST!

Toen zei Violet: 'Hé, ik weet niet waarom we zo zenuwachtig zijn. Ik bedoel: die dertigduizend fans komen speciaal voor ons, toch? Die Bad Boyz boeien ze niet.' We lachten allemaal en voelden ons al beter.

Om 20.00 uur precies deden mijn bandmaatjes en ik een groepsknuffel backstage. Toen gingen we op het schemerig verlichte podium op onze plekken staan.

Mijn hart bonsde in mijn oren toen er een harde stem door de arena dreunde. 'Zijn jullie klaar voor een GEWELDIG concert vanavond? Deze nieuwe band is HOT! Ze zijn BFF's OP en BUITEN het podium! CHICAGO, laat je horen voor... EIGENLIJK WEET IK HET NOG NIET!!'

In het verblindend felle podiumlicht smolten onze zenuwen al snel weg toen we openden met ons eerste nummer: 'We Will Rock You' van Queen!

Chloë, Zoey en ik renden naar de rand van het podium en deden een coole hiphopmove. *Stamp-stamp-klap! Stamp-stamp-klap! Stamp-stamp-klap!* Violet, Theo en Marcus vielen in met hun instrumenten en Brandon beukte in een oorverdovend ritme op de drums.

'Kom op, Chicago!' riep ik. 'Sta op...'

'En ROOOOOCK!!' schreeuwden Chloë en Zoey.

Al snel stonden dertigduizend mensen overeind. Ze stampten en klapten mee, terwijl wij het nummer brulden en de band helemaal losging.

OMG! Dit publiek maakte meer HERRIE en was nog ENTHOUSIASTER dan dat van gisteren!

We namen wat gas terug en de lichten werden gedimd voor ons tweede nummer. Het was de geliefde klassieker van Journey: 'Don't Stop Believin'! Iedereen hield van dat nummer en klapte mee.

'Ons laatste liedje van vanavond hebben we zelf geschreven,' zei ik. 'Het gaat erover dat je moet volhouden, zelfs als je het gevoel hebt dat je er niet bij hoort!'

Het publiek brulde van opwinding en bleef overeind staan terwijl we ons eigen nummer 'Ik ben mooi een muts!' zongen. En toen we het refrein herhaalden, zongen dertigduizend stemmen enthousiast mee en glinsterden er dertigduizend twinkelende telefoonlampjes in het stadion.

Het was een DUIZELINGWEKKENDE ervaring!!

EIGENLIJK WEET IK HET NOG NIET!

Chloë, Zoey en ik zongen en dansten ons KAPOT, en Violet, Theo, Marcus en Brandon speelden als ervaren professionele muzikanten van TWEE KEER zo oud als zijzelf.

Toen we klaar waren met 'Ik ben mooi een muts!' stond het hele stadion ons als een gek toe te juichen.

'Bedankt! We houden van jullie, Chicago!' riepen Chloë, Zoey en ik lachend en zwaaiend.

We gingen alle zeven op een rij staan en maakten een buiging.

Toen we van het podium af gingen, barstte ik bijna in tranen uit van alle adrenaline en opwinding.

Het was FENOMENAAL!

Op weg naar het podium bleven de Bad Boyz even staan en gaven ze ons high fives.

'Jullie waren echt HEFTIG!!' zeiden ze enthousiast.

En ze hadden gelijk!

DAT WAREN WE OOK!

Op dat moment was ik ZO gelukkig en trots dat ik lid was van de band Eigenlijk Weet Ik Het Nog Niet.

Maar dat de leden van de band mijn VRIENDEN zijn, maakte me nog gelukkiger en trotser!

☺!!

DONDERDAG 24 JULI

Na ons concert in Chicago was MIJN band trending op SOCIAL MEDIA!!

IEIEIEIEIEIE! ☺

Of nou ja. We waren trending op social media MET de BAD BOYZ, als hun coole nieuwe openingsact! Zij zijn ALTIJD trending, vooral nu ze op tournee zijn.

Maar... DAN NOG!! Ik was geschokt toen MacKenzie met de eer ging strijken!

En Victoria geloofde haar nog ook. 'Bedankt voor je talloze uren werk aan deze opwindende en succesvolle campagne, MacKenzie! De band boft maar met een geweldige BFF zoals jij, die ze onvermoeibaar steunt!'

JA, VAST WEL! ☹ Als MacKenzies kamergenoot weet ik PRECIES wat ze gedaan heeft op deze tournee: winkelen, schoonheidsbehandelingen, selfies posten, manicures en pedicures, bij het zwembad loungen, met haar vriendinnen bellen en zich bij concerten backstage proberen te WURMEN om de Bad Boyz te ontmoeten!

HOE ik dat allemaal weet? Door elke dag ROND TE SNUFFELEN en haar SCHEMA te bekijken!!

MacKenzie is nog geen SECONDE bezig geweest met het promoten van onze band op social media! In plaats daarvan promoot ze alleen ZICHZELF! Ik hoorde haar tegen Tiffany opscheppen dat ze meer dan 150.000 volgers heeft sinds ze gepost heeft dat ze met de Bad Boyz op tournee is!

MacKenzie is ook **SUPERslordig** en de ERGSTE KAMERGENOOT OOIT! ☹ Ik hoop dat ik het einde van deze tour haal!

Nou ja. Zondagochtend gingen we weg uit Chicago en vlogen we naar Miami voor het concert van die avond.

Daarna hadden we op maandag een concert in Washington, op dinsdag waren we in Atlanta en op woensdag in Houston.

Op donderdag had ik geen flauw idee meer in welke STAD we waren! Ik lieg NIET!

Ik was mentaal en fysiek zo UITGEPUT dat ik mijn ogen bijna niet kon openhouden. Zelfs een ijskoffie met extra espresso van de Starbucks hielp NIET.

Waar was ik? Ik zag palmbomen, bergen, een strand en, eh... een heel LEUKE JONGEN die naar me zwaaide?

WACHT! DAT WAS JOSHUA!

'Hé Nikki! Heb je even?' vroeg Joshua.

'Tuurlijk. Hoe is het?' Ik glimlachte.

'Goed! Ik wou even zeggen dat jullie nummer "Ik ben mooi een muts!" echt KNALT! Het is zo herkenbaar voor mij! Vooral dat er niet bij horen. Het grootste deel van mijn leven heb ik ZO mijn best gedaan. Maar soms lijkt het gewoon... HOPELOOS!' zuchtte hij.

'Bedankt, Josh! Het is geïnspireerd op dingen die bij mij op school gebeuren! Dus ik begrijp hoe je je voelt. Of nou ja, soort van. Ik ben NIET SUPERSLIM, zoals jij! Net als de meeste mensen.'

'Ja, wat kan ik eraan doen? Als ik nog EEN keer meneer de professor word genoemd omdat ik in de bibliotheek wil hangen...' mopperde hij binnensmonds.

'*Een muts, nerd of freak is wat je ziet met jouw blik...*' begon ik.

Toen glimlachte Joshua. '*Maar laat me met rust, want ik ben gewoon IK!*' ging hij verder. 'Ah, ik snap het al!

Ik hoef NIET te proberen om leuk gevonden te worden. Ik moet gewoon LEKKER in mijn EIGEN vel zitten en MEZELF leuk vinden!'

'WAUW! Je bent ECHT een GENIE! MENEER DE PROFESSOR!' zei ik plagend.

We lachten om mijn flauwe grapje. Joshua keek op zijn horloge. 'Ik moet terug, voor de beveiliging ontdekt dat ik weg ben! Over een uur hebben we weer een tv-interview. Dit circus houdt NOOIT op! Bedankt, Nikki. Laat het me weten als ik iets terug kan doen.'

'Eigenlijk IS er wel iets,' zei ik. 'Maar ik schaam me om het te vragen!'

'Wat dan? En serieus, je hoeft je helemaal niet te schamen,' zei Joshua geruststellend.

'Eh... Kun je me vertellen in welke STAD we zijn?'

'Je bent in LOS ANGELES, Nikki! Als je op tournee niet meer weet in welke stad je zit, heb je ECHT meer SLAAP nodig!' Hij lachte. 'Zie je later!'

Oké, NU voelde ik me EEN HEEL STUK beter.

COOL! Ik wilde altijd al eens naar Los Angeles!

Ik wilde net naar mijn hotelkamer gaan om uit te rusten voor ons concert van vanavond, toen ik een onverwacht berichtje kreeg...

HET WAS VAN BRANDON?!!

Ons tourschema was ZO hectisch dat we bijna geen tijd hadden om elkaar te spreken, laat staan te hangen. Misschien konden we een wandeling maken over dat prachtige strand.

In zijn berichtje stond...

HEEL slecht nieuws van thuis! Weet niet wat ik moet doen. Waar ben je? Moet je spreken!

Brandon leek echt OVERSTUUR!

Ik appte hem terug...

Ik zit in de Starbucks in de lobby! Wacht daar op je!

Ik zuchtte toen er een golf van ANGST over me heen spoelde en mijn hart begon te bonzen!

Misschien was dit hele tourgedoe een grote FOUT!

☹!

VRIJDAG 25 JULI

Ik had zo'n vermoeden dat deze spoedafspraak iets te maken had met die DEAL die ik met MacKenzie had gesloten...

En ik had HELEMAAL gelijk! OMG! Brandon was
IN PANIEK!!

'Onze huisbaas heeft het pand een paar dagen geleden verkocht, en de nieuwe eigenaar wil ons contract niet verlengen! Hij wil ons eruit hebben en zegt dat we volgens de wet binnen zestig dagen weg moeten zijn!'

'OMG! Brandon, wat VRESELIJK!' riep ik. 'Wat erg dat jij en je familie dit mee moeten maken!'

Wat moest ik anders zeggen? 'Wauw, Brandon, dat verbaast me NIETS! Ik verwachtte al niet dat die SLANG met blonde hairextensions, MacKenzie, zich aan haar belofte zou houden en haar vader zou vragen Vrolijke Viervoeters met rust te laten als ik haar zou helpen om bij de Bad Boyz op het podium te komen!'

'Wat moeten we nu, Nikki? Mijn opa en oma zijn zo overstuur dat ze het al willen opgeven en Vrolijke Viervoeters willen sluiten. VOOR ALTIJD! Ze zeggen dat ze allebei wel een nieuwe baan zullen zoeken! Maar de dieren dan? Ik denk dat ik naar huis moet! NU!'

Brandon zag er RADELOOS uit! Zijn gezicht was rood, zijn stem schor en zijn ogen stonden glazig. En dat was ALLEMAAL MacKenzies SCHULD! ☹

'Luister, Brandon! Probeer je geen zorgen te maken. Oké? We hebben nog twee maanden om dit op te lossen en in die tijd kan er veel gebeuren. En als er een kans is dat je opa en oma straks geen werk meer hebben, zal het geld dat jij met de tournee verdient heel erg welkom zijn! Ik zal doen wat ik kan! Dat beloof ik!'

Ik kocht een flesje ijskoud water voor Brandon. Hij slurpte het ding in nog geen minuut leeg, zuchtte diep en glimlachte droevig naar me. Toen zei hij sorry omdat hij zo totaal geflipt was en zei dat hij de tour zeker wilde afmaken om geld te verdienen voor zijn familie.

Tegen de tijd dat Brandon naar zijn drumrepetitie ging, voelde hij zich weer wat beter en hoopte hij dat alles goed zou komen! ☺ Maar ik voelde me juist SLECHTER! ☹ Ik was BOOS op mezelf en nog BOZER op MacKenzie! Ik was NIET van plan haar zomaar het leven van andere mensen kapot te laten maken.

Zij was de strijd begonnen, maar ik zou er een eind aan maken! Ik liep naar onze kamer om haar erop aan te spreken. Maar toen ik de deur opende, was ik GESCHOKT!

ONZE KAMER IS EEN PUINHOOP EN MACKENZIE HEEFT HET DRUK MET BLATEN AAN DE TELEFOON!!

'OMG, Tiffany! Ik heb bijna 200.000 volgers op social media! Dat geloof je toch niet? Ik ben zo populair! En mijn nieuwe baan is TOP! Eigenlijk lig ik alleen maar te slapen en doe ik de hele dag wat ik wil.'

'Of ik de Bad Boyz al heb ontmoet? Nou, nog niet. Ze SMEKEN me of ik met ze wil hangen, maar ik heb het SUPERdruk gehad, je weet wel, met shoppen en zo. Mijn koffers met extra kleren zijn vandaag aangekomen. Dus ik ben klaar om die plek in de band te claimen!'

'Hoe de tour is tot nu toe? Een en al GLAMOUR! Het enige nadeel is mijn kamergenootje Nikki! OMG! Ze is een smerig BEEST! Het is hier net een ZWIJNENSTAL en ze vertikt het om haar zooi op te ruimen. Over ZWIJNEN gesproken: er is net iemand binnengekomen. Bel je later, Tiffany! Toedels!'

'Luister, MacKenzie!' zei ik woedend. 'Je moet hier echt opruimen. Onze badkamer is gewoon SMERIG! Heb je soms chocoladepudding in de badkuip zitten eten, of komt dat vuil van je huid af?'

'Waarom kruip jij niet terug onder je steen, Nikki?' snauwde MacKenzie.

'Het enige wat hier KRUIPT zijn al die KAKKERLAKKEN die komen picknicken met alle etensresten die jij hier laat rondslingeren!' klaagde ik.

'Nou, dan bel je JE VADER toch even om te komen SPUITEN?' zei MacKenzie pesterig.

ZEI ZE DAT NOU ECHT? 'Dat is best een goed idee!' riep ik terug. 'Hij heeft hier genoeg te doen, als ONGEDIERTEbestrijder! Hij kan jullie mooi bij de VUILNISBELT afleveren. Probleem opgelost!'

'Sorry, Nikki, maar kun je nu weggaan? Jouw KOP bezorgt me buikkrampen, en ik kan elk moment een ernstige aanval van DIARREE krijgen!'

'NEE! Ik ga nergens heen voor jij me vertelt waarom JOUW vader Vrolijke Viervoeters heeft gekocht en waarom hij het huurcontract niet wil verlengen! Je zei dat hij het niet zou doen als ik je zou helpen met je auditie voor de Bad Boyz, en ik ben akkoord gegaan.

Dus ben je onze deal VERGETEN of LOOG je gewoon?'

'KLOPT! We hadden een deal. Maar ik ben van gedachten veranderd.' Ze haalde haar schouders op.

'Wacht even! Wil je dan GEEN auditie bij de Bad Boyz meer doen?' vroeg ik verrast.

'NATUURLIJK WEL! Maar ik wil nu MEER uit deze deal halen. En JIJ gaat MIJ daarbij helpen! Of anders staan al die schurftige Vrolijke Viervoeters op STRAAT, samen met Brandon en zijn familie!'

'Wat W-WIL je nog MEER?' stotterde ik.

'Nou, drie dingen, om te beginnen! Een: een backstage-kaartje, zodat ik met de Bad Boyz kan hangen! Twee: je moet me aan ze voorstellen als je lieve, aardige, BLOEDMOOIE BFF! Drie: jij moet je band op social media gaan promoten, voordat die heks van een Victoria erachter komt dat ik de hele tour al vakantie houd en me ONTSLAAT!'

'Dat KAN je niet serieus menen!' riep ik verbluft uit.

'En nog een ding! Je moet deze SMERIGE KAMER opruimen! Begin maar met die gore badkuip! Ik wil een aardbei-mangobubbelbad nemen, en daarvoor moet het bad vlekkeloos schoon zijn! En als je niet PRECIES doet wat ik zeg, wordt Vrolijke Viervoeters een PARKEERTERREIN! Begrepen?'

HEEL FIJN! ☹ MacKenzie is een ENORME VIESPEUK en bij de gedachte dat ik haar rotzooi moest opruimen, moest ik een beetje OVERGEVEN in mijn mond...

IK BEN KOTSMISSELIJK!

Ik STAARDE recht in haar ijskoude kraaloogjes!

'MacKenzie, ik heb maar drie woorden voor je. ZOEK. SNEL. HULP! Want meid, JE BENT ECHT VAN HET PADJE AF!'

'Nou, maar ik heb ook al om HULP gevraagd! Alleen zei de receptie dat het KAMERMEISJE morgen pas weer komt SCHOONMAKEN. Dus dat is nu JOUW werk, Nikki!'

OMG! MacKenzie praatte zoveel poep dat ik niet wist of ik haar een pepermuntje of wc-papier moest geven!

In minder dan een uur was mijn leven veranderd in een complete RAMP! En ik had alleen maar geprobeerd om Vrolijke Viervoeters en Brandon te helpen.

Maar op een of andere manier zat ik nu opgescheept met een gemeen, egoïstisch, lipglossverslaafd, door de Bad Boyz geobsedeerd...

MONSTER!

☹!!

ZATERDAG 26 JULI

Gisterochtend vertrokken we uit Los Angeles en vlogen we naar Las Vegas voor een concert. Van daaruit vlogen we vanochtend naar Phoenix.

De afgelopen twee dagen heb ik MacKenzie gemeden als de BUILENPEST! Maar vandaag dreef ze me na de lunch in een hoek. 'Ik verheug me ZO op mijn backstagekaart voor het concert van vanavond! Als ik die niet krijg, gaat het er LELIJK voor je uitzien!'

Ik rolde alleen maar met mijn ogen naar die meid en had zoiets van: 'Het ziet er allang LELIJK uit, MacKenzie! En dan bedoel ik dat NEPKLEURTJE van je! Kijk je nog weleens in de spiegel? Je ziet eruit alsof je in een bak met Cheetos-kruimels bent gedoken! Drie keer!'

Maar dat zei ik alleen in mijn hoofd, zodat niemand het kon horen.

Wat ik HARDOP zei, was: 'Sorry voor de vertraging, MacKenzie, maar ik heb ECHT mijn best gedaan om een backstagekaartje voor je te regelen. Maar het moet worden goedgekeurd door... de directeur van de platenmaatschappij. En die is nu helaas... op vakantie naar, eh... de poolcirkel, en ze heeft heel slecht bereik door al die... IJSBERGEN en IJSBEREN. Dus het duurt wat langer dan ik had verwacht.'

Ze geloofde dat belachelijke verhaal ook nog. Maar ik weet niet hoelang mijn vertragingstactiek nog blijft werken.

Ik heb het opruimen van haar troep weten te vermijden door vrijwel de hele tijd bij Chloë, Zoey en Violet in de kamer te hangen.

Ik werd vandaag verrast door een mailtje van ons hoofd social media/onze influencercontactpersoon/onze vertrouwenspersoon en BFF over een zeer belangrijke vergadering die ze om 16.00 uur had gepland.

MacKenzie wilde serieus dat WIJ een paar uur per dag zouden gaan helpen met de socialmediacampagne! Maar dat sloeg nergens op, want dat was HAAR taak, niet de ONZE.

Helaas konden we niet naar haar vergadering, omdat we om 15.30 uur een soundcheck hadden, dus vroeg ik of ze hem wilde verschuiven.

OMG! MacKenzie FLIPTE TOTAAL!!

MACKENZIE FLIPT TOTAAL!

Toen begon ze MINPUNTEN uit te delen alsof het SNOEPJES waren!

Brandon, Theo en Marcus kregen ieder EEN minpunt. Chloë, Zoey en Violet kregen ieder TWEE minpunten. En ik kreeg er VIJF! Voor dezelfde vergadering.

Maar het werd nog ERGER! MacKenzie gaf me NOG DRIE minpunten omdat ik de PUINHOOP in onze kamer NIET had opgeruimd, ook al was het HAAR PUIN!

En als ik nu nog TWEE minpunten krijg, kan ik door Trevor naar HUIS worden gestuurd! ☹

MacKenzie zal mijn plaats SUPERGRAAG innemen!

Ik vind het VRESELIJK dat Brandon tijdens zijn tournee met dat Vrolijke Viervoeters-drama zit. We zijn dag en nacht aan het appen en brainstormen over ideeën om het asiel te redden.

Maar misschien moet ik hem de WAARHEID vertellen over die deal die ik met MacKenzie heb gesloten.

Ik hoop maar dat hij me vergeeft.

☹!

ZONDAG 27 JULI

Na ons concert in Phoenix van gisteravond namen we een nachtvlucht naar Boston. Ik heb tijdens die lange vlucht bijna niet geslapen. Ik was zo UITGEPUT dat ik geen idee had hoe ik WAKKER zou moeten blijven tijdens ons concert van vanavond!

In ons hotel hadden we eerst een laat ontbijt. Toen had Trevor GROOT nieuws voor de Bad Boyz, mijn bandmaatjes en mij. 'Geweldig nieuws! Morgenavond geven we in New York het grootste concert van de hele tournee! En het wordt GEFILMD om later op TV te worden uitgezonden!' riep hij uit.

Voor de Bad Boyz was dat niets bijzonders, die waren al een miljoen keer op tv geweest. Maar voor ONS was dit SUPERbijzonder! Hé, na dit concert konden we zomaar BEROEMDE popsterren worden! IEIEIE! ☺

Mijn bandmaatjes en ik praatten er opgewonden over toen we terugliepen naar onze kamers.

Maar MacKenzie had ons zeker gehoord in de gang of zo, want zodra ik onze kamer binnenkwam, begon ze vragen te stellen over het concert in New York.

'OMG! Niet te geloven dat jullie op TELEVISIE komen!' zei MacKenzie blij. 'Ik heb altijd al op tv gewild en ik heb er ook echt zo'n mooi gezicht voor! Als miljoenen mensen me zien, kan MIJN carrière echt van start gaan, en dan krijg IK een totaal ander leven! Jullie hebben ZOVEEL geluk!'

'Bedankt! Dat vinden wij ook!' zei ik met een glimlach.

Plotseling keek MacKenzie me sluw aan. 'Nu ik erover nadenk... Optreden bij een concert op tv zou de PERFECTE manier voor MIJ zijn om auditie bij de Bad Boyz te doen. Veel beter dan wachten tot jullie laatste optreden! Dus, Nikki, we moeten nu meteen plannen maken voor MIJN grote debuut!'

Ik schrok me kapot! Meende MacKenzie dat nou serieus? We keken elkaar kwaad aan en wachtten tot de ander wegkeek! Het leek EINDELOOS te duren!

MACKENZIE EN IK HOUDEN EEN STAARWEDSTRIJD

Oké, het was tot daaraan toe om haar de LAATSTE tien minuten van ons SLOToptreden aan het EINDE van de tour op het podium te laten!

Maar ik ging haar ECHT NIET het podium op laten bij ons GROOTSTE concert, MIDDEN in de tour, dat ook nog eens op TELEVISIE kwam!

'Het spijt me echt, MacKenzie, maar dat KAN ik niet doen! Het is OF het laatste optreden, zoals afgesproken, of de deal gaat niet door!'

'BEST! Dan bel ik mijn vader om te zeggen dat hij verder kan met zijn plannen om Vrolijke Viervoeters in een PARKEERTERREIN te veranderen!' snauwde ze. 'En dat is dan ALLEMAAL. JOUW. SCHULD!'

OMG! Ik was zo van streek dat ik wel kon... SCHREEUWEN!!

Ik was het SPUUGZAT dat MacKenzie me steeds manipuleerde. En ik WEIGERDE het te laten gebeuren!

Ik wist precies wat ik moest doen!

Ik nam de lift naar de lobby en vond een rustig plekje. Ik was zo zenuwachtig dat mijn handen letterlijk trilden. Toch toetste ik een nummer in op mijn mobiel.

'Hallo Trevor! Met Nikki. Is het mogelijk om SNEL af te spreken? Ik moet iets vertellen, aan jou, de Bad Boyz en mijn bandleden. En het is niet zulk best nieuws!'

'Nou, als het geen noodgeval is zal het even moeten wachten, Nikki. Mijn schema voor de volgende vierentwintig uur is KRANKZINNIG! Ik zit op dit moment in een persconferentie met de Boyz. Daarna heb ik een afspraak met de televisieproducent die het concert in New York gaat filmen. En dan hebben we natuurlijk het concert in Boston nog.'

'Ik begrijp dat je het SUPERdruk hebt! Maar ik heb maar vijf minuten nodig!' smeekte ik.

'Goed dan! Je krijgt vijf minuten. Ik heb na de lunch een vergadering gepland om iedereen bij te praten over ons grote concert in New York. Maar probeer je geen zorgen te maken, Nikki! Ik weet dat dit tourschema gruwelijk is. Je bent vast uitgeput. Maar geloof me, ik zit al heel lang in deze business, en wat jij nu als een TOTALE RAMP beschouwt is waarschijnlijk op zijn ergst een LICHT ONGEMAK.'

'Bedankt, Trevor. Ik hoop maar dat je er morgen nog zo over denkt!' mompelde ik terwijl ik ophing.

Ik was van plan om aan iedereen te vertellen dat ik die deal met MacKenzie had gesloten, en dat die HELEMAAL uit de hand was gelopen. En daarna zou ik mijn spullen pakken en NAAR HUIS gaan! Ik wist heel zeker dat ik op staande voet ONTSLAGEN zou worden, waarschijnlijk door Trevor en anders zeker door Victoria.

Er was ook nog een kans dat Brandon, Chloë en Zoey zo BOOS en TELEURGESTELD zouden zijn dat ze mijn vrienden of bandmaatjes niet meer wilden zijn.

Ineens kreeg ik een berichtje. Ik dacht dat het van Brandon was, maar het was van mijn vader en moeder. Er stond:

> VERRASSING! ☺ We komen met een bus vol ouders en plaatselijke fans morgenavond naar jullie optreden in New York. Tot gauw! Groetjes van Brianna en Daisy! Knuffels en kusjes! ☺

HEEL FIJN! ☹

Nu word ik dus publiekelijk VERNEDERD met mijn OUDERS en een hele BUSLADING VAGE KENNISSEN uit mijn stad erbij!

Nou, ik weet in elk geval hoe ik THUIS kan komen...

IK ZIT IN DE BUS NAAR HUIS NADAT IK UIT DE TOURNEE BEN GEZET

Mijn leven is echt TRIEST!! ☹!!

MAANDAG 28 JULI

Vanochtend namen we een korte vlucht van Boston naar New York.

Iedereen had SUPERveel zin in het concert in New York! Behalve IK. ☹ Ik was moe, gefrustreerd en overweldigd. WAAROM?

MACKENZIE maakte me KNETTERGEK!!

Hoewel ik heel duidelijk had gezegd dat ik haar NIET in de BUURT van het podium zou laten komen, hoorde ik haar aan de telefoon tegen Tiffany zeggen dat ze DRIE dansjes heeft geoefend voor de DRIE liedjes die WIJ in onze openingsact doen.

HEEL FIJN! ☹

MacKenzie was van plan om gewoon het podium op te WALSEN tijdens ONS optreden en de HELE show min of meer naar zich TOE TE TREKKEN!!

Op de televisie!!

Ja zeg! WIE doet zoiets nou? Ze zei ook dat Victoria haar vandaag toestemming had gegeven om bij een belangrijke lunchafspraak van Trevor met de talenten van de tour aanwezig te zijn.

MacKenzie was ZO BLIJ dat ze EINDELIJK zou kennismaken met... DE BAD BOYZ!!

En ze had de ontmoeting tot in de puntjes voorbereid.

Om te beginnen zou ze haar duurste designerkleren, glitteroogschaduw en DRIE lagen lipgloss dragen om hun aandacht te trekken.

Ten tweede zou ze VEEL foto's maken om op social media te posten, zodat ze nog MEER volgers zou krijgen.

En ten derde wilde ze online het gerucht verspreiden dat zij een DATE had met de Bad Boy die zich door haar liet KNUFFELEN voor een SELFIE!

IK WEET HET! ☹ Ik kon het ook niet geloven! MacKenzie is echt zo'n LIEGBEEST!

MACKENZIES NIEUWE BAD BOYZ-BOYFRIEND!

Eigenlijk was ik wel blij om te horen dat ze bij die afspraak zou zijn.

Ik was van plan om alles te vertellen over de DRAMA'S die zij DE HELE TIJD schopt in mijn leven, in Brandons leven en op deze tournee!

MacKenzie verdient het helemaal om als stagiaire ONTSLAGEN te worden omdat ze haar werk niet doet, en om uit de tour GETRAPT te worden omdat ze anderen pest!

Ik hoorde Trevor tegen Victoria zeggen dat het concert in New York zo belangrijk is dat hij de Boyz tot twaalf uur laat uitslapen, zodat ze vanavond goed uitgerust voor de tv-camera's staan.

Ik heb best wel medelijden met ze, want volgens mij zijn ze nog veel ERGER uitgeput dan ik ben.

Dit jaar hebben ze door Europa, Azië en Amerika getourd. Meestal gaan ze na middernacht naar bed en staan ze om 6.00 uur 's morgens op, om de hele ochtend tv-, radio- en tijdschriftinterviews te geven. Daarna hebben ze vergaderingen, repetities, opnamesessies, dansles, soundchecks en dan een concert, met weinig of geen tijd voor zichzelf.

Ze zijn dan wel wereldberoemde popsterren, maar ze hebben een GRUWELIJK zwaar leven, met weinig lol!

Nou ja. Ik besloot mijn bandgenoten alvast een berichtje te sturen, voor het geval ik uit de tour zou worden gezet vanwege dat FIASCO met MacKenzie.

Ik liet ze weten dat ik later vandaag iets met ze zou delen waar ik echt mee geworsteld had.

En dat ik onze vriendschap altijd zou KOESTEREN, wat er ook gebeurde!

Ik geloof niet dat ze me erg serieus namen, want Chloë en Zoey stuurden me dit berichtje terug:

> Bericht gelezen. Maak je geen zorgen! Brianna heeft al over je harige benen en aangekoekte oogkorsten verteld! We houden nog steeds van je, Nikki!

En ze hadden het lef om er zo'n huilen-van-het-lachen-emoji bij te zetten! ECHT ZO BOT!! ☹

Om het nog erger te maken, hadden ze dat berichtje ook aan Violet, Brandon, Marcus en Theo gestuurd!

Ja, Chloë en Zoey zijn mijn BFF's, maar ik vind het NIET leuk dat ze zulke PRIVÉDINGEN zomaar op STRAAT gooien!

Al gauw was het 13.30 uur, tijd voor onze lunchafspraak. We kwamen bij elkaar in een zaaltje waar al een lekkere pastaschotel met kip klaarstond.

MacKenzie zat naast Victoria. Ze staarde me de hele tijd aan met haar kleine slangenoogjes!

Ik kreeg geen hap door mijn keel van de zenuwen. Ik speelde alleen maar een beetje met mijn eten.

Om 14:30 uur begon Trevor zich zorgen te maken, omdat de Bad Boyz niet bij de lunch waren. Maar hij zei dat ze waarschijnlijk in hun kamer aten.

Hij zei dat hij met de vergadering zou beginnen zodat ze klaar waren met eten en beneden kwamen.

Intussen zette hij de grote tv aan, en de jongens gingen naar een honkbalwedstrijd kijken.

Om 15.00 uur was Trevor echt bezorgd over de Boyz. Hij belde het hoofd van de beveiliging en vroeg hem naar hun suites te gaan, ze wakker te maken, uit bed te sleuren en ze persoonlijk naar de vergadering te begeleiden.

Victoria herinnerde Trevor eraan dat we om 16.00 uur een soundcheck in het stadion hadden en dat we al achterliepen op het schema.

Dus zette Trevor het geluid van de tv zacht, schraapte zijn keel en opende de vergadering.

Hij tikte op zijn horloge en herinnerde me eraan dat ik maar VIJF minuten had.

Ik stond op en iedereen staarde me nieuwsgierig aan. Ik vouwde de brief open die ik eerder had geschreven, haalde diep adem en begon te lezen...

IK LEES MIJN BRIEF VOOR

Ik werd onderbroken door enthousiast applaus van iedereen in de zaal.

Ik beet op mijn lip en ging verder. 'Ik sta hier nu omdat ik jullie wil vertellen over een paar dingen die ik tijdens de tournee heb meegemaakt.'

Plotseling waren MacKenzies ogen zo groot als schoteltjes en werden haar wangen knalrood.

Ze pakte haar telefoon en begon als een gek een berichtje te tikken. Aan haar BFF Tiffany, natuurlijk!

Net toen ik verder wilde gaan, werd ik bot onderbroken. ALWEER!

Het hoofd van de beveiliging stormde naar binnen met vier andere mannen en ging meteen naar Trevor toe.

'DE BAD BOYZ, MENEER! IK HEB VERONTRUSTEND NIEUWS!'

Ze stonden allemaal te hijgen. Hun oortjes bungelden als oorbellen onder hun oren.

'WE ZIJN HUN SUITES BINNENGEGAAN, ZOALS U HAD GEZEGD, MENEER! EN ZE ZIJN... EH... ZE ZIJN VERMIST!'

'HOE BEDOEL JE, VERMIST?' schreeuwde Trevor. 'Ze hebben ieder twee bodyguards, vierentwintig uur per dag. Dat zijn ACHT goedgetrainde professionals om VIER jongens in de gaten te houden! HOE kunnen ze nou VERMIST zijn?'

'Ik weet het niet, meneer! Maar ze zijn NIET in hun suites! En de beveiligers bij de liften hebben ze niet zien vertrekken!'

'Nikki, laten we hier even mee wachten, alsjeblieft,' zei Trevor, en hij gebaarde dat ik kon gaan zitten.

Ik ging snel zitten.

En toen beende Mallory naar binnen. 'Trevor, de auto's zijn er om iedereen naar het stadion te brengen voor de licht- en geluidscheck. Het is tijd om...' Ze verstijfde en keek verward de zaal rond.

'Maar, eh... WAAR zijn de Boyz?'

Iedereen in het zaaltje keek elkaar maar zo'n beetje aan en haalde zijn schouders op.

Ik hoopte dat het gewoon weer zo'n stomme grap van Aidan was.

Maar Trevor was WOEST en kon er NIET om lachen!

Over een paar uur hadden we een uitverkocht concert in New York, dat werd opgenomen voor de tv!

Maar de HOOFDACT was vermist!!

Deze DROOMtournee veranderde nu echt in een NACHTMERRIE!

☹!

DINSDAG 29 JULI

De Bad Boyz, een van de beroemdste boybands ter wereld, was zomaar verdwenen!!

Iedereen was TOTAAL IN PANIEK!!

Trevor belegde een spoedvergadering met de beveiligingsteams van de tournee en het hotel.

Even later renden ze alle kanten uit om in het zwembad, de sauna, het fitnesscentrum, de restaurants en de koffiehoek naar de Bad Boyz te gaan zoeken.

Alle anderen bleven gespannen in het vergaderzaaltje afwachten, voor het geval dat de Boyz alsnog besloten naar de vergadering te komen, lekker chic te laat. Of met verborgen camera's, voor een aflevering van zo'n prankprogramma op tv!

Intussen kreeg MacKenzie een zenuwinzinking! Ze belde haar BFF om haar bij te praten over de situatie.

'OMG! Tiffany, mijn vergadering met de Bad Boyz is

een TOTALE RAMP geworden! NEE! Ze hebben niet gezegd dat mijn JURK LELIJK is!! Ik ben een en al glitter en glamour en mijn lipgloss knalt eruit, maar de Bad Boyz hebben niet eens de moeite genomen om te komen! Niet een. Het was AFSCHUWELIJK, Tiffany! HOE moet ik nou meer volgers op social media krijgen of de sappige RODDEL verspreiden dat een van hen mijn VRIENDJE is als ik geen SELFIE met ze kan maken? Mijn leven is GERUÏNEERD, Tiff!!'

ECHT, MacKenzie? ERG VOOR JE... MAAR NIET HEUS! ☹

Ik begon me net een beetje zorgen te maken toen ik vlak bij Trevor iets op tafel zag staan...

OMG! HET WAS EEN VERJAARDAGSMUFFIN! ☹!!

Trevor zat aan de telefoon en probeerde de televisieproducent te kalmeren. Dus vroeg ik Mallory naar de muffin.

'O, dat is ons vaste grapje. Het is onze verjaardagsmuffin. Nick is vandaag jarig. We zouden hem tijdens de vergadering die muffin geven en "Happy Birthday" zingen!' legde Mallory uit.

'NICK IS VANDAAG JARIG?' vroeg ik geschrokken.

'Ja, helaas op de dag van ons grote concert,' zei Mallory. 'Het is allemaal als grap begonnen, toen Aidan Trevor een oudbakken muffin voor zijn verjaardag gaf. En nu is het een soort traditie geworden. Een beetje suf, maar altijd lachen.'

Mijn hoofd TOLDE! Nick had iets over een verjaardagsmuffin gezegd. En ik had hem zo'n beetje overgehaald om zijn VOLGENDE verjaardag met zijn familie en vrienden te vieren!

Maar toen ik dat zei, had ik GEEN IDEE dat zijn verjaardag al over EEN WEEK was!

En op dezelfde dag als een enorm concert dat werd opgenomen voor tv!

Volgens de tijdschriften die ik had gelezen kwam Nick uit New York. En dat betekende dat zijn familie en vrienden ook in... OMG!!

Als Nick vanavond niet bij het concert was omdat hij zijn verjaardag vierde, zou dat MIJN schuld zijn!! ☹

Ik had nu een idee waar Nick was, maar hoe zat het met de andere Boyz?

Ik probeerde te bedenken wat ik tegen de anderen had gezegd, toen ik een tv-reclame zag...

Die reclame van Refresh-water kwam me bekend voor. Ik wist ZEKER dat ik die eerder had gezien!

Toen wist ik het weer!

Achter op Aidans SKATEBOARDTIJDSCHRIFT!!

Dat hij LAS toen ik zei dat het COOL zou zijn om in elke stad naar een SKATEPARK te gaan!!

Aidan was vandaag vast bij dat Refresh-skateboardevenement. En dat was MIJN schuld! ☹

En dat betekende dat het ook MIJN schuld was dat VICTOR nu EEKHOORNTJES aan het voeren was in Central Park!! ☹

En dat Joshua waarschijnlijk rondhing in de OPENBARE BIBLIOTHEEK van New York!! ☹

Maar hun CONCERT van vanavond dan, en hun duizenden FANS?

Stel dat de Boyz uiteindelijk besloten dat ze gewone

jongens wilden zijn, en geen beroemde popsterren?

Ik had ze alleen maar willen opvrolijken met mijn raad over lekker in je vel zitten en van het leven proberen te genieten.

En ik had het woord voor woord gemeend!

Maar stel nou dat ik, Nikki Maxwell, persoonlijk verantwoordelijk was voor het...

EINDE van de BAD BOYZ?

Dan zouden MILJOENEN Bad Boyz-fans van over de hele wereld me HATEN!

En dan ging ik in een klap van BEROEMD naar BERUCHT!

NEEEEEEEEEEEE!!!...

(Dat was ik, terwijl ik schreeuwde!)

☹!!!...

WOENSDAG 30 JULI

Nou, er was GOED nieuws en SLECHT nieuws!

Het goede nieuws was dat de Boyz rond vier uur een berichtje aan Trevor stuurden. Ze lieten weten dat ze VEILIG en HELEMAAL OKÉ waren! Ze voelden zich gewoon even mentaal en fysiek uitgeput, gespannen, overweldigd, gefrustreerd, gestrest, geïrriteerd en emotioneel uitgehold door hun gruwelijk zware schema van het afgelopen jaar.

En zoals ik al dacht, hadden ze de dag gebruikt om te relaxen, te hangen en te doen wat ze graag deden.

JA! Ze hadden allemaal MIJN goede raad opgevolgd! ☺

Ik had de Boyz laten nadenken over wat echt belangrijk voor ze was, en daardoor voelde IK me een wijze, rijpe en verantwoordelijke jongvolwassene.

Ik wilde dit goede nieuws net met Trevor delen, toen hij zuchtte, gefrustreerd zijn hoofd schudde en tegen Mallory en zijn team begon te klagen.

'Ik weet dat de Boyz nog jong zijn, maar dit is belachelijk ONVERANTWOORDELIJK! We hebben miljoenen dollars geïnvesteerd in hun carrières en concerten. Ze kunnen niet zomaar WEGBLIJVEN omdat ze even geen ZIN hebben!' zei hij pissig.

Dus toen besloot ik dat het misschien NIET zo'n goed idee was om die info met Trevor te delen.

Het slechte nieuws was dat we niet wisten of de Bad Boyz op tijd terug zouden zijn voor hun concert in New York. Na hun berichtjes hadden we niets meer van ze gehoord!

Trevor gaf toe dat het voor het grootste deel zijn schuld was. 'Ik weet niet wat er vanavond gaat gebeuren, Nikki, maar het was me een genoegen om jou en je band erbij te hebben op deze tournee. Eerlijk gezegd zijn de Boyz de laatste twee maanden erg gestrest. Ze vechten elkaar de tent uit! We hebben serieus overwogen om het laatste deel van de tour te verzetten, zodat ze even pauze konden nemen en uitrusten. Helaas is het daar misschien al te laat voor! Ik had al veel eerder iets moeten doen om dit probleem op te lossen.'

'Misschien is het nog NIET te laat,' zei ik. 'Vooral als je het tourschema nu alsnog aanpast, zodat de jongens een evenwichtiger leven kunnen leiden.'

'Eens.' Trevor knikte. 'Het gekke is dat ze best goed met elkaar kunnen opschieten sinds jouw band bij de tournee gekomen is. Jullie lijken een positieve invloed op ze te hebben gehad. Ik weet niet precies waarom. Hoe dan ook, het zou zo jammer zijn als de Boyz uit elkaar gaan en ieder hun eigen weg inslaan. Het zijn SUPERgetalenteerde, goeie jongens. Maar helaas is dat heel goed mogelijk!'

GAAN DE BAD BOYZ UIT ELKAAR? ☹

Het GOEDE NIEUWS was dat Trevor het FOUT had over het SLECHTE NIEUWS!

De volgende ochtend kwam het overal in het nieuws. Social media en de roddelrubrieken stonden er vol mee!

TOURNEE VAN DE BAD BOYZ GEANNULEERD!! ☹

MAAR ALLE CONCERTEN WORDEN OPNIEUW INGEPLAND NA EEN BROODNODIGE PAUZE IN HUN WERELDTOURNEE VAN EEN JAAR!! ☺

Die mededeling kwam pas NADAT de Bad Boyz waren opgedoken en de UITVERKOCHTE zaal in New York helemaal hadden PLATGESPEELD!! En natuurlijk was mijn band, Eigenlijk Weet Ik Het Nog Niet, hun GEWELDIGE openingsact!

Ondanks MacKenzies VALSE plan is het haar niet gelukt om het podium OP TE SNEAKEN tijdens ons optreden en met haar dansjes de SHOW TE STELEN! En ze heeft NOOIT een kans gehad om de Bad Boyz te ontmoeten en te doen alsof een van hen haar vriendje is!

Vooral omdat ik ervoor heb gezorgd dat ze NOOIT een BACKSTAGEKAARTJE heeft gekregen! ☺ Ik vertrouwde er voor geen METER op dat MacKenzie zich aan onze deal zou houden! Ik geloofde niet dat ze Vrolijke Viervoeters zou helpen redden, WAT we ook deden. En ik was het zo ZAT dat ze ons TERRORISEERDE dat ik helemaal LOSGING!

Het concert in New York komt volgende week op televisie en ik kan niet wachten om het te zien!

Maar goed. Ik heb nagedacht over WAAROM de Bad Boyz minder ruziemaakten toen wij mee op tour gingen.

Vooral omdat ik eigenlijk niet meer heb gedaan dan naar ze luisteren, ze proberen te steunen en ze raad te geven over de dingen waarmee ze worstelden.

Net zoals Chloë, Zoey, Brandon en ik voor elkaar doen, als BFF's.

En toen begreep ik het eindelijk!

Ik was voor de Bad Boyz...

EEN BROODNODIGE VRIENDIN! ☺

GEEN manager!

GEEN regisseur!

GEEN personeel!

En GEEN superfan!

Nou, oké!

IK LOOG!

Ik ben ABSOLUUT een SUPERFAN!!

Maar DAN NOG!!

☺!

DONDERDAG 31 JULI

Chloë, Zoey, Brandon, Violet, Theo, Marcus en ik kwamen dinsdag rond de middag thuis van de Bad Boyz-tournee! ☺

MacKenzie ook! ☹ Ik kan nog steeds niet geloven dat ik het heb OVERLEEFD om haar tien heel lange, PIJNLIJKE dagen als KAMERGENOOTJE te hebben!

Ik STORTTE IN en sliep iets van vierentwintig uur achter elkaar! OMG! Het was HEERLIJK om weer in mijn EIGEN bed te liggen! Terwijl Brianna non-stop op de deur BONKTE, ZEURDE en me LASTIGVIEL! ☺

Op tournee gaan met de Bad Boyz was superLEUK! Maar het was ook mentaal en fysiek uitputtend! Misschien maakt mijn band de tournee later nog met ze af. Het hangt ervan af hoelang hun pauze duurt.

Ik heb MacKenzie al verteld dat onze deal NIET DOORGAAT! Ik had zoiets van: DIKKE DOEI!!!

SORRY! Maar als zij auditie wil doen voor de Bad

Boyz, zal ze gewoon een video online moeten posten en GENEGEERD worden, net als iedereen!

Intussen ga ik genieten van de rest van mijn zomer en leuke dingen doen met mijn BFF's en mijn crush. Ik kan niet geloven dat school over minder dan VIER weken alweer begint!

Brandon appte me echt FANTASTISCH nieuws! Zijn opa en oma hebben EINDELIJK het nieuwe huurcontract voor het pand van Vrolijke Viervoeters gekregen!

IEIEIEIEIE! ☺

Brandon zei dat hij het pas hoorde toen hij thuis was, maar dat het contract al eerder die week was gestuurd, op maandag. Rond 15.30 uur, om precies te zijn.

Precies rond de tijd dat ik mijn brief aan Trevor voorlas en op het punt stond MacKenzie te VERRADEN. Toen ze flipte en in paniek een berichtje begon te tikken, dacht ik dat ze Tiffany ging appen. Maar dat had ik mis! Ze moet haar vader hebben geappt, want hij stuurde meteen dat contract op! En SNEL ook!!

PROBLEEM OPGELOST! ☺

Maar goed. Brandon kwam langs en vroeg of ik met hem wilde HANGEN.

Hij zei dat hij sinds de tournee een enorme fan van de Bad Boyz is en dat hij net hun laatste album had gekocht. Hij vroeg of ik er samen met hem naar wilde luisteren.

Chloë en Zoey hebben me dat album al voor mijn verjaardag gegeven en ik heb het al DUIZEND keer gehoord.

Maar ik besloot die onbelangrijke details niet met Brandon te delen.

Ik zei: 'JA!' Toen stelde ik heel gul voor dat we MIJN oortjes wel konden delen!

Wat kan ik zeggen?

IK BEN GEWOON ZO'N MUTS!!

☺!!

DANKWOORD

Tien jaar geleden schreef ik een manuscript over een mutsig, onzeker, veertienjarig meisje dat Nikki J. Maxwell heette. In haar dagboek schreef ze over haar belevenissen op de middelbare school, overdreven dramatisch en met een apart gevoel voor humor en levendige tekeningen. Ik had nooit kunnen dromen dat ik zestien boeken later mijn tienjarig jubileum zou vieren. In de afgelopen jaren hebben we ruim vijftig verschillende Muts-personages tot leven gebracht!

Dit zou allemaal nooit mogelijk zijn geweest zonder mijn SPECTACULAIRE redacteur Liesa Abrams Mignogna. Vanaf de eerste dag heb je me geïnspireerd en ik ben zo blij dat ik met jou dit schrijfavontuur ben aangegaan! Bij elk boek heb je je leiderschap en creativiteit laten zien en bewezen waarom je de beste in je vak bent. Ik ben dankbaar dat jij in Team Muts zit en blij dat ik je na tien jaar nog steeds hardop kan laten lachen!

Speciale dank aan mijn SUPERgetalenteerde artdirector Karin Paprocki. Van een simpel concept weet jij een kleurrijk meesterwerk te maken, en bij elk omslag leg je de lat weer hoger. Je schuift tekst en beeld op wonderbaarlijke wijze in elkaar tot een perfect verhaal, pagina na pagina, jaar na jaar!

Mijn GEWELDIGE uitgever, Katherine Devendorf. Dank voor je expertise, je aandacht voor details en de manier waarop je ons allemaal bij de les houdt tijdens het redactieproces.

En een speciaal bedankje aan Mara Anastas, het kompas dat deze geliefde serie de weg naar blijvend succes heeft gewezen. Bedankt voor je vertrouwen in *Dagboek van een muts!*

Daniel Lazar, mijn BRILJANTE agent bij Writers House. In 2009 zag je iets speciaals in me dat ikzelf nog moest ontdekken. Je wist dat ik een boeiende stem had geschapen, die kinderen over de hele wereld zou aanspreken. Nu moet ik lachen bij het idee dat Nikki een mannelijke petemoei had kunnen hebben! Dank voor je vriendschap, je GROTE DROMEN en je onwrikbare steun. Ik ben blij dat ik deze geweldige mijlpaal met jou kan delen en zie uit naar de volgende tien jaar!

Mijn FANTASTISCHE Team Muts bij Aladdin/Simon & Schuster: Rebecca Vitkus, Chriscynethia Floyd, Jon Anderson, Julie Doebler, Caitlin Sweeny, Anna Jarzab, Alissa Nigro, Lauren Hoffman, Nicole Russo, Lauren Carr, Jenn Rothkin, Ian Reilly, Christina Solazzo, Elizabeth Mims, Lauren Forte, Crystal Velasquez, Stephanie Voros, Amy Habayeb, Michelle Leo, Sarah Woodruff, Christina Pecorale, Gary Urda en het hele salesteam. Bedankt voor alles! Jullie zijn ongelofelijk, de droom van iedere auteur.

Speciale dank aan mijn GEWELDIGE familie bij Writers House, onder anderen Torie Doherty-Munro en mijn agenten buitenlandse rechten Cecilia de la Campa en Alessandra Birch, voor al jullie harde werk en toewijding aan de serie. En aan Deena, Zoé, Marie en Joy, bedankt voor jullie hulp om *Dagboek van een muts* zo UITMUTSEND te maken!

Mijn ONGELOFELIJKE dochter en FENOMENALE illustrator Nikki, bedankt dat je er altijd voor me bent. Zonder jou had ik dit niet gekund! Ik heb je zien groeien als kunstenaar en ik ben SUPERbenieuwd wat je hierna gaat presteren!

En Kim, Doris, Arianna en mijn hele familie: dank voor jullie onvoorwaardelijke liefde en steun.

En niet te vergeten: dank aan mijn *Dagboek van een muts*-superfans! Bedankt voor jullie liefde voor mijn boekenserie. Vergeet nooit je innerlijke MUTS te laten stralen!

Geniet van het tienjarig jubileum!!

IEIE!!!! ☺

Foto: Suna Lee

Rachel Renée Russell is de razend succesvolle schrijfster van de serie Dagboek van een muts (nummer 1 op de *New York Times*-bestsellerlijst) en de nieuwe bestsellerserie De avonturen van Max Kruimel.

Wereldwijd zijn er vijfenveertig miljoen exemplaren van haar boeken gedrukt, en ze zijn vertaald in zevenendertig talen.

Rachel werkt graag samen met haar dochter Nikki, die haar boeken helpt illustreren.

Rachels boodschap is: 'Vergeet nooit je innerlijke muts te laten stralen!'

Lees ook...
De avonturen van
Max Kruimel

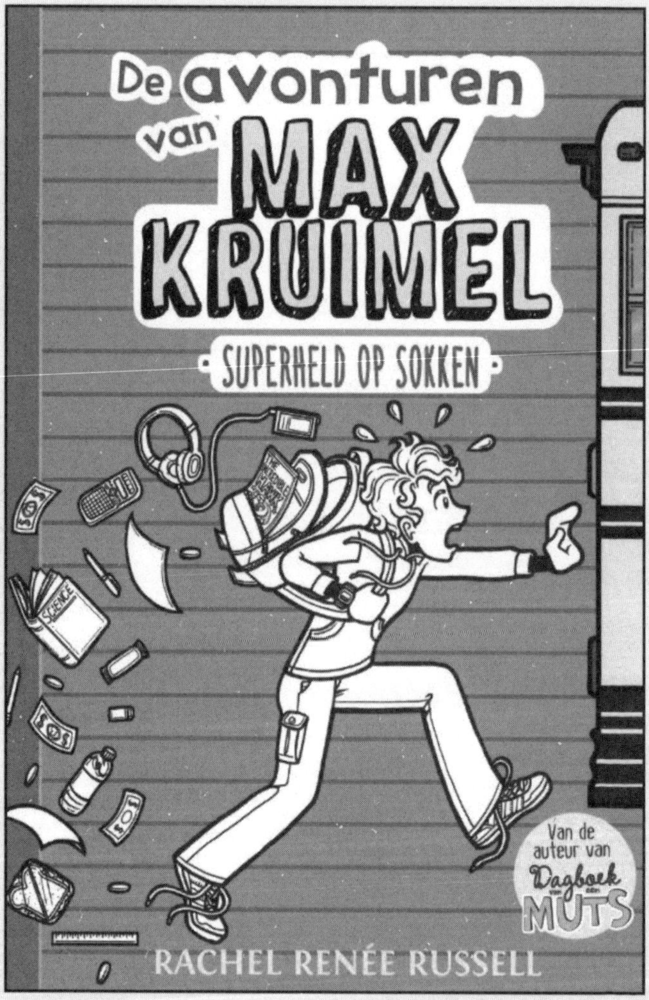

1. MIJN GEHEIME LEVEN ALS SUPERHELD ~~OP SOKKEN~~

Als ik superkrachten had, zou mijn leven op school lang niet zo'n HEL zijn.

Dan zou ik nooit meer die stomme bus missen, want ik VLOOG gewoon naar school!

GEWELDIG, toch? Dan zou ik zo ongeveer de COOLSTE jongen van de hele school zijn!

Maar wil je een geheim horen? Een luchtaanval van een boze vogel is NIET cool. Het is gewoon... SMERIG!

Op tv, in stripboeken en films lijkt al dat superhelden-gedoe een EITJE. Maar daar klopt echt NIKS van! Dus laat je niet bedotten.

Je kunt GEEN superkrachten krijgen door in een laboratorium gekleurde gloeiende vloeistoffen door elkaar te mengen en OP TE DRINKEN...

IK MAAK EEN HEERLIJKE SUPERKRACHTENSMOOTHIE

HOE ik weet dat dat niet werkt?

KA-BOEM!!

'OEPS!'

Laat ik het zo zeggen...

Kan Max met zijn unieke superkrachten de redder in nood zijn en de pestkop verslaan?

MAX KRUIMEL STAAT OP HET PUNT naar de engste plek te gaan waar hij ooit is geweest: het Zuiderwal College.

Zijn nieuwe school heeft veel voordelen, maar ook één groot nadeel: Ruud, de grootste pestkop van de school, die niets liever doet dan Max in zijn eigen kluisje proppen.

Was Max maar net zoals de held in zijn favoriete stripverhalen! Helaas heb je niet veel aan Max' griezelige, bijna bovenmenselijke talent om pizza te ruiken van een kilometer afstand als je levens moet redden en boeven moet vangen.

Toch zal Max zijn stinkende best doen om de held te zijn die zijn school nodig heeft.